16	3	2	13
5	10	11	8
9	6	7	12
4	15	14	1

Lícofron

ALEXANDRA

Edição bilíngue
Tradução, apresentação e notas de **Trajano Vieira**

editora■34

EDITORA 34

Editora 34 Ltda.
Rua Hungria, 592 Jardim Europa CEP 01455-000
São Paulo - SP Brasil Tel/Fax (11) 3811-6777 www.editora34.com.br

Copyright © Editora 34 Ltda., 2017
Tradução, apresentação e notas © Trajano Vieira, 2017

A FOTOCÓPIA DE QUALQUER FOLHA DESTE LIVRO É ILEGAL E CONFIGURA UMA
APROPRIAÇÃO INDEVIDA DOS DIREITOS INTELECTUAIS E PATRIMONIAIS DO AUTOR.

Título original:
Ἀλεξάνδρα

Capa, projeto gráfico e editoração eletrônica:
Bracher & Malta Produção Gráfica

Revisão:
Danilo Hora, Beatriz de Freitas Moreira

1ª Edição - 2017 (1ª Reimpressão - 2020)

CIP - Brasil. Catalogação-na-Fonte
(Sindicato Nacional dos Editores de Livros, RJ, Brasil)

Lícofron, séc. IV-III a.C.

L664a   Alexandra / Lícofron; edição bilíngue;
tradução, apresentação e notas de Trajano Vieira
— São Paulo: Editora 34, 2017 (1ª Edição).
216 p.

ISBN 978-85-7326-675-7

Texto bilíngue, português e grego

1. Poesia grega. 2. Antiguidade clássica -
História. I. Vieira, Trajano. II. Título.

CDD - 882

ALEXANDRA

Apresentação, *Trajano Vieira* 7

Sobre as notas ao poema 22

Ἀλεξάνδρα 24

ALEXANDRA 25

Sinopse do poema 177

Índice de nomes... 183

Excertos da crítica... 209

Sobre o autor 213

Sobre o tradutor... 215

Apresentação

Trajano Vieira

A melhor definição do *Alexandra* de Lícofron talvez seja ainda a do léxico bizantino *Suda*: τὸ σκοτεινὸν ποίημα, "poema obscuro". Ocorre que "obscuro" pode ter conotação positiva ou negativa, dependendo da expectativa do leitor. Nos últimos anos, a recepção do texto tem sido amplamente favorável. Isso se deve sobretudo ao fato de os leitores modernos identificarem no *Alexandra* aspectos originais da produção de períodos mais recentes. Houve quem nele detectasse elementos barrocos,[1] ou quem notasse o interesse de Mallarmé pela obra,[2] e, embora de um ponto de vista equivocado, não faltou quem inserisse, corretamente, o poema nos primórdios de uma tradição cuja culminância é o *Finnegans Wake*, de Joyce.[3] Não se deve esquecer o destaque que o poema conheceu no círculo do surrealismo francês.[4] O *Almanach surréaliste du demi-siècle* considerou-o precursor do movimento e Henri Michaux recitava de cor seus versos

---

[1] Ver, por exemplo, Maria Grazia Ciani, "Scritto con mistero", *Giornale Italiano di Filologia*, nº 4, 1973, pp. 321-35.

[2] Ver Pascal Quignard, *Lycophron et Zétès*, Paris, Gallimard, 2010, pp. 129 ss., e Lorenzo Mascialino, *Alejandra*, Barcelona, Alma Mater, 1956, p. xxxviii.

[3] Francis Russell, *Three Studies in Twentieth Century Obscurity*, Aldington, The Hand and Flower Press, 1954, p. 44.

[4] Cf. Gérard Lambin, *L'Alexandra de Lycophron*, Rennes, Presses Universitaires de Rennes, 2010, p. 209.

iniciais. De qualquer modo, como observou Stephanie West, numa época em que nos acostumamos a ler *The Waste Land*, de Eliot, as inúmeras dificuldades de *Alexandra* não mais afugentam os leitores.[5] É o que se deduz, por exemplo, da menção que Paul Auster faz à obra em *The Invention of Solitude* (1982), depois de descobri-la na criativa tradução de Pascal Quignard.[6]

As dificuldades evidenciam-se em dois níveis, vocabular e referencial. O grande número de neologismos não deixa de surpreender. Os 1.474 versos do poema contêm cerca de 3 mil palavras. Destas, 310 aparecem só no *Alexandra* e 104 são empregadas pela primeira vez na obra.[7] Mais do que esse número elevado, destaca-se a diversidade de recursos que Lícofron usa em suas invenções vocabulares, de que cito alguns poucos exemplos: o poeta incorpora palavras estrangeiras, do egípcio (φώσσων, 26; ἕρπις, 579; βᾶρις, 747; πέρρα, 1.428), do iraniano (μόσσυν, 433, 1.432), termos do dialeto dórico (ἐπωπίς, 833, 1.176), tessálio (εὔμαρις, 855; τιβήν, 1.104), altera elementos morfológicos (ἀγνίτης a partir de ἁγνός, 135; ταρακτής a partir de ταράκτωρ, 43; στέλγισμα a partir de στλέγγισμα, 874; κλῶσις a partir de κλῶσμα, 716; κυπόω a partir de κύπτω, 1.442), amplia o leque de verbos denominativos, por exemplo: θουράω (85: "saltar") com base no adjetivo épico θοῦρος ("impetuoso"), δαιταλάω (654: "devorar") em δαιταλεύς ("conviva"), ῥητρεύω (1.400: "pronunciar") em ῥήτωρ ("orador"), δρυφάσσω (758: "proteger") em δρύφακτος ("barreira"), λακίζω (1.113: "despe-

---

[5] Stephanie West, "Lykophron's *Alexandra*: Something Old, Something New", em Juan Antonio López Férez (org.), *Mitos en la literatura griega helenística e imperial*, Madri, Ediciones Clásicas, 2003, p. 80.

[6] Pascal Quignard, *op. cit.*, p. 194. A tradução de Quignard foi publicada pela primeira vez em 1971 pela Mercure de France.

[7] Cf. Maria Grazia Ciani, *Lexikon zu Lykophron*, Hildesheim, G. Olms Verlag, 1975.

daçar") em λακίς ("farrapo", "rasgo"). Mas são as palavras compostas que chamam mais a atenção do leitor. Seguem algumas: γυναικόκλωψ (γυνή + κλώψ: "ladrão-de-mulher", 771), θαλασσόπαις (θάλασσα + παῖς: "filho-do-mar", 892), ζωστηροκλέπτης (ζωστήρ + κλέπτης: "furta-cinto", 1.329), μύχουρος (μυχός + ὁράω: "vigia-dos-recessos", 373), πελαργόχρως (πελαργός + χρώς: "tez-de-cegonha", 24), ναυφάγος (ναῦς + φαγεῖν: "comedor-de-navios", 1.095), παιδόβρωτος (παῖς + βιβρώσκω: "devorador-de-crianças", 1.199), ψευδώμοτος (ψεῦδος + ὄμνυμι: "falso-jurador", 935), εἰδωλόπλαστος (εἴδωλον + πλαστός: "plasmado-como-simulacro", 173), πλεκτανόστολος (πλεκτάνη + στέλλω: "equipado-com-tentáculos", 230), δρακοντόφρουρος (δράκων + φρουρέω: "guardado-por-dragão", 1.311), μουσόφθαρτος (μοῦσα + φθείρω: "destruído-pelas-musas", 832), θεατρομόρφος (θέατρον + μορφή: "teatromorfo", 600).

A disposição de vocábulos com características tão incomuns numa estrutura métrica perfeitamente regular comprova a maestria do autor. Lícofron utiliza o trímetro jâmbico, metro privilegiado nos diálogos da tragédia. A ocorrência desse elemento formal aproximaria *Alexandra* do gênero trágico. Nesse sentido, note-se que o número de versos do poema corresponde mais ou menos ao das peças clássicas e que lemos o relato de um mensageiro, figura recorrente nos dramas, frequentemente responsável por narrar o acontecimento fatal. Contudo, deve-se observar que do poema alexandrino está ausente a dinâmica dialógica da tragédia; por outro lado, seu tema vincula-se à tradição épica (destruição de Troia, retorno dos heróis), o que tem dificultado a classificação de seu gênero. Seria mais pertinente afirmar que se trata de um gênero híbrido, com aspectos que nos remetem à épica e à tragédia.[8] Retomando a questão da estrutura do trímetro jâmbico, como se sabe, o metro configura-se assim:

---

[8] Ver Massimo Fusillo, "L'*Alessandra* de Licofrone: racconto epico

‿–◡– ‿–◡– ‿–◡–

O que chama a atenção do leitor é que, apesar do número elevado de palavras compostas, de termos importados de outros idiomas, de deformações vocabulares, Lícofron quase não faz uso da substituição de uma sílaba longa por duas breves (apenas vinte ocorrências) — algo comum nos trágicos, sobretudo em Eurípides —, e adota rigorosamente a chamada Lei de Porson (quando o trímetro jâmbico termina com uma palavra com a estrutura –◡– e a precede um polissílabo, a sílaba anterior a esse esquema deve ser breve). Na opinião de um metricista como Alphonse Dain, a dicção resultante faria lembrar a de um poeta inglês que escrevesse em monossílabos.[9]

De qualquer modo, a extrema regularidade métrica lança luz ainda mais intensa sobre a complexidade lexical do *Alexandra*, que inclui também, entre outros recursos notáveis, vários homoteleutos: λόφων — λόγων (29-30), πέλας — λέπας (419-20), νέφος — μένος (569-70), γένος — γόνος (1.233-4), λύγοις — λύκοι (1.247-8). Infelizmente só restaram dois anagramas criados pelo autor, embora fosse conhecido seu interesse por esse tipo de composição. São eles: Πτολεμαῖος a partir de ἀπὸ μέλιτος (Ptolomeu: do mel), e Ἀρσινόη a partir de ἴον Ἥρας (Arsínoe: violeta de Hera). Nesse sentido, parece ter razão quem encontra logo no primeiro verso um anagrama com o nome da personagem Ἀλεξάνδρα: Λέξω τὰ πάντα νητρεκῶς.

Se considerarmos privativo o alfa inicial do nome, seu sentido com base no anagrama seria algo como "não direi os homens", em contraposição ao que o verso efetivamente afir-

---

e discurso 'drammatico'", *Annali della Scuola Normale Superiore di Pisa*, nº 14, 1984, pp. 495-525.

[9] Alphonse Dain, *Traité de métrique grecque*, Paris, Klincksieck, 1965, pp. 72-3.

ma: "direi tudo com exatidão". Tal oposição sintetiza perfeitamente o drama interno da personagem, cujo dom profético não se articula de maneira compreensível aos ouvintes. De qualquer modo, como de resto tudo no poema, a escolha do nome da personagem é enigmática. Ela é assim chamada uma única vez, no verso 30, jamais por Cassandra. Todas as demais menções são indiretas: bisneta de Ilos (319, 1.341-5), irmã de Heitor (264, 280, 1.189), prima de Teucro (452-68) etc. Comentadores aludem ao culto de certa Alexandra na Lacônia, que teria sido assimilada a Cassandra.[10] Nada nos impede imaginar, por outro lado, que a escolha do nome tenha ocorrido com base no trocadilho presente no verso de abertura.

Lícofron inspirou-se provavelmente na figura de Cassandra do *Agamêmnon* de Ésquilo para compor sua personagem. A mesma "andorinha" que, segundo Clitemnestra (*Agamêmnon*, 1.050), se comunicava em idioma bárbaro, reaparece no verso 1.460 do *Alexandra*: "andorinha inspirada por Apolo". É o traço delirante da personagem que permite a Lícofron configurar um rigoroso universo verbal enigmático, que beira a incompreensibilidade. Alexandra "embaralha" com frequência recordações do passado e previsões do futuro, criando um universo em que por vezes parece prevalecer, como já se observou, a acronia, a anulação do tempo.[11] A relativização desse parâmetro tão importante na estrutura narrativa desloca a atenção do leitor para o plano formal. Leiam-se, nesse sentido, apenas a título de exemplo, os versos 866-90. Alexandra prevê inicialmente mais uma etapa do périplo do retorno de Menelau, na Sicília (866-70), até atingir o templo de Héracles (871), erigido pelos Argonautas, na Líbia.

---

[10] Juliette Davreux, *La légende de la prophétesse Cassandre d'après les textes et les monuments*, Liège/Paris, Faculté de Philosophie et Lettres/Droz, 1942, pp. 88-93.

[11] Massimo Fusillo, *op. cit.*, pp. 507 ss.

Essa referência basta para a personagem deslocar abruptamente sua narrativa para o passado, recordando o naufrágio dos Argonautas:

Irá à arena inóspita, onde o touro se
prepara para a luta, filho de Colótis
de Ales, senhora das lonjuras de Longouros,
contorna a fonte Cônquia e o logradouro Foice
de Cronos e Gonusa, e os plainos dos sicanos,
e o altar do lobo carniceiro fericlâmide,
que o neto de Creteu, ao amarrar o barco,
edificou ao lado de cinquenta nautas.
O litoral mantém ainda aparas graxas
dos mínios. Não as limpa a ôndula marinha,
nem as deterge a intempérie de nevasca.
As dunas e os escolhos de Formiga perto
de Tauquéria lamentam quem será cuspido
por vagalhões ao mar desértico de Atlas,
dilacerados por fragmentos agulhantes.
Foi onde os marinheiros sepultaram Mopsos
titeroneu, erguendo no sopé da tumba
a lápide com ripa rota do navio
Argo, relíquia que os defuntos apreciam,
onde o fluxo do Cínifo fecunda a Ausigda
e a irriga de torrente. Ao filho de Nereu,
Tritão, uma mulher colquídea doa o dom
de uma cratera enorme aurilavrada após
a indicação da rota reta entre recifes
por onde Tífis conduziu o esquife íntegro.

A erudição extrema do texto de Lícofron dificulta o trabalho do leitor interessado na investigação de alusões literárias. Mesmo assim, algumas são identificáveis com certa facilidade. Por exemplo, os versos 659-61:

O lar do leão monocular, carnívoro,
ele verá. Sua mão há de estender-lhe a copa
plena de vinho, ao fim de seu festim.

referem-se ao famoso encontro de Ulisses com o Polifemo,
narrado no canto IX da *Odisseia* (345-8):

Em pé, ao lado dele,
nas mãos a copa tosca que eu havia enchido
de vinho negro, dirigi-me ao monstro:
"Ciclope, bebe o vinho, depois de engolir
a carne humana!"

As retomadas homéricas não seguem um padrão linear.
O autor seleciona um ou outro aspecto, reconstrói a passagem sem se submeter à sequência original, repropondo-a, como já se observou, em uma "orgia de neologismos".[12] Leia-
-se, por exemplo, o episódio de Circe, onde, na versão alexandrina, a menção à planta *moly*, que imuniza Ulisses, encerra
o episódio, ao contrário do que sucede no texto homérico:

Que plasmabestas não verá,
serpe mesclando erva mágica à farinha?
Que morte ferimorfa? E os de moiramara,
no pasto da pocilga, ciciando acídulos,
mistura de bagaço de uva com forragem,
e borra de oliveira comerão. O bulbo
moly o preserva do revés, e o Lucro ilustre,
nume tricéfalo Nonácris Luziflâmeo.

Embora prevaleçam aspectos épicos e trágicos no texto,
não são desprezíveis os episódios grotescos. A fim de matar

---

[12] Valeria Gigante Lanzara, "Introduzione", em Licofrone, *Alessandra*, Milão, BUR Rizzoli, 2014, p. 26.

o monstro marinho que atormentava Troia (31-7), Héracles ("leão trivesperal": três noites é a duração da relação entre Zeus e Alcmena, mãe de Héracles) deixa-se engolir e abandona o ventre como se saísse de uma caldeira a vapor, perdendo os pelos do corpo e os cabelos da cabeça, que se assemelha a um bulbo:

> Ai, infeliz nutriz incendiada outrora
> também por pinhos porta-hostes do leão
> trivesperal! Um dia o cão dentiafilado
> do Tritão o engoliu, mas ele sobrevive
> e rasga suas vísceras, perdendo o pelo
> ao bafo da bacia num braseiro sem
> flama. Os cabelos caem do crânio, um a um,
> do infanticida arrasador de meu país!

Igualmente grotesca é a descrição de Deméter mastigando as cartilagens dos ombros de Pélops, antes de sepultá-las na garganta (152-5):

> A seu avô, a Ercina Enea Erina Fúria,
> entre as ganachas, descarnando, triturando,
> sepultou certa vez no interior da gorja,
> ao secionar a cartilagem da espádua.

Um dos oráculos transmitidos a Neleu concerne à filha, que lhe mostrará o lugar em que o pai deve fundar uma cidade. Ao chegar a Mileto, depara-se com ela, já sem roupas, oferecendo-se aos homens. Neleu conclui que deve se fixar no local (1.384-8):

> Fundará seu império nos confins dos ftiros,
> destruindo a protomercenária tropa cária,
> quando sua filha puta contra o próprio púbis

grunhindo bromas vilipendiar as bodas
efetivadas em bordéis de homens bárbaros.

Outra passagem admirável pelo contraste que estabelece entre planos opostos, produzindo um efeito cômico-grotesco, aparece logo no início das profecias de Alexandra, concernente ao rapto de Helena por Páris (86-93). Páris, o "tição alado" (de acordo com o sonho de Hécuba antes do nascimento do filho; cf. Eurípides, *Troianas*, 922), rapta a pomba, também denominada cadela de Pefnos (Helena), que Zeus, metamorfoseado em cisne ("abutre aquícola") dá à luz. Chama a atenção a redundância lexical de apelo barroquizante no verso 89, em que três palavras referem-se igualmente a um único objeto, o ovo de que nasce Helena, efeito que procurei manter na tradução ("na carapaça sob o cone de um invólucro"). Essa alusão a Helena contrasta com os versos seguintes, que falam de Páris, o nauta "ânus-luzente", epíteto cômico feminilizante, que talvez evoque, por oposição, a μελαμπῦγος ("negrinádegas"), empregado por Arquíloco como signo de virilidade (fragmento 110). A delicadeza do personagem se contrapõe a sua condição anterior de pastor no curral do pai, antes, portanto, de ter sido designado árbitro da competição em que três deusas disputavam o prêmio de beleza: Hera, Atena e Afrodite (*Ilíada*, XXIV, 25-30):

> Vejo o tição alado apressurar-se ao rapto
> de uma columba, perra da ínsula de Pefnos
> que um abutre aquícola concede à luz
> na carapaça sob o cone de um invólucro.
> E a via declinante do Aqueronte, ó nauta
> ânus-luzente, sem pisar no estercoral
> do pai no áspero curral, te hospedará,
> como antes o porteiro das beldades tríplices.

O imponente "bestiário" que perpassa o texto reflete outro aspecto relevante: nenhum personagem é citado pelo nome. Um único animal pode aludir a vários personagens, como, por exemplo, o leão: Héracles (459, 697, 1.327), Dióscuros (556), Clitemnestra (1.107); a pomba: Alexandra (357), Ifigênia e Hermíone (103); o touro: Heitor (269), Ida (555-6) e Linceu (561). O lobo é também recorrente, para se referir a Páris (102, 147), Teseu (147), Aquiles (246), aos gregos (329), Dióscuros (504), a Héracles (871) e Ares (938).

Outro recurso que torna o texto enigmático e que faz do leitor um decifrador diz respeito ao uso extensivo de perífrases. Refiro uma ou outra passagem, a título de exemplo: no verso 135, lê-se, em lugar de sal, "purificadores cristais do Egeu"; no 143, em lugar de Helena, "pleuroniana mênade dos cinco leitos"; nos versos 337-8, em lugar de Príamo, "ele que pelo véu de sua irmã legítima foi trocado"; no 653, em lugar de Sereia, "estéril rouxinol Centaurocida"; no 901, em lugar de Eurípilo, "senhor do lobo/ petrificado por ter devorado as vítimas/ expiatórias e dos píncaros tinfréstios".

Do ponto de vista sintático, o acúmulo deliberado de antonímias (ὁ μέν... ὁ δέ) também dificulta a identificação do personagem. Nota-se igualmente a forte presença de orações participais e relativas, que favorecem entrechos digressivos. O caso extremo são os versos 494-585, longuíssima digressão repleta de ramificações mitológicas que têm como personagem central Acamas, inserido num episódio que fala da permanência dos gregos no Chipre (447-591). Outras várias passagens digressivas poderiam ser mencionadas (31-56, 694-711), além da que cito a seguir, a qual antecede a menção a Ulisses (648-58):

> Outros, à beira-Sirte e nos plainos líbicos
> e na estreita confluência do Tirreno,
> na atalaia da semifera matanautas
> outrora morta pelas mãos de Mecisteu,

boieiro lavrador em túnica de couro,
e no escolho do rouxinol harpia-úngulo
errando, banqueteadas suas crudicarnes,
o Hades pan-receptivo acolherá a todos,
aniquilados por mutilações inúmeras.
Só deixa um núncio, um único, de amigos mortos,
delfíneoassinalado, furtador da deusa fenícia.

Logo depois desse trecho, o leitor depara-se com outro recurso frequente no texto, a repetição retórica de vocábulos (668-73):

E qual Caribde não devorará os cadáveres?
E qual Erínia, semiperra, semininfa?
E qual Centaurocida, rouxinol estéril,
etólio ou curete, em timbres criativos,
não os convence a definhar, jejunas carnes
de repasto?

Procedimento que retorna, por exemplo, em 823-4:

quais fímbrias não escrutará do mar talássio,
qual extensão de terra não sobresquadrinha?

Como quase tudo no poema, a identidade do autor também tem sido objeto de muita discussão ao longo dos anos. A referência mais antiga a Lícofron encontra-se na *Suda*, onde Socles é mencionado como seu pai e Licos de Régio como seu pai adotivo. Lícofron fez parte da plêiade dos poetas trágicos alexandrinos. Teria nascido na Eubeia por volta de 330 a.C. e desenvolvido sua atividade em Alexandria em meados de 283 a.C., depois da morte de Demétrio de Fáleros, antagonista de Licos. A discussão sobre a datação do poema é antiga. O pomo da discórdia são os versos 1.226-35, em que Cassandra prevê a supremacia de seus descendentes romanos. O trecho repercutiria em outra passagem (1.435-50), na qual se anuncia o poder que se estende "mar adentro e pelo continente" (1.448), provável alusão ao Império Romano. Além da questão cronológica, argumenta-se também que dificilmente um membro da corte de Ptolomeu II Filadelfo (309-246 a.C.) falaria dos romanos nesses termos. Três hipóteses têm sido formuladas. Segundo uma delas, o poema teria sido escrito por um segundo Lícofron no século II a.C. Wilamowitz[13] e Momigliano[14] criticam a tese do autor tardio. Para o primeiro, as referências aos romanos teriam caráter reflexivo e, para o segundo, a menção a "mar e terra" não teria relação com a expansão romana, mas seria uma fórmula convencional. Um argumento forte apresentado por Momigliano contra a tese de um segundo Lícofron diz respeito ao seguinte ponto: não há na obra de Aristófanes de Bizâncio (*c. 257-c.* 180 a.C.) uma só palavra sobre um hipotético autor, contemporâneo seu, nomeado, como o anterior, Lícofron. Portanto, para os dois estudiosos, a obra teria sido escrita pelo Lícofron indicado na *Suda*. Creio que a hipótese de Stephanie West é a que melhor explica os versos sobre os romanos: as passagens referentes à nova conquista seriam fruto de interpolação.[15] Nesse caso, o Lícofron autor de *Alexandra* seria o mesmo do drama satírico *Menedemo*[16] e de um livro sobre comédia. Tzetzes atribui-lhe ainda 64 ou 46 tragédias.[17] Teria sido responsável, na famosa biblio-

---

[13] Ulrich von Wilamowitz-Moellendorff, *De Lycophronis Alexandra commentatiuncula*, Greifswald, Typis J. Abel, 1883.

[14] Arnaldo Momigliano, "Terra marique", *Journal of Roman Studies*, n° 32, 1942, pp. 53-64.

[15] Stephanie West, "Lycophron Italicised", *Journal of Hellenic Studies*, n° 104, 1984, pp. 151-4.

[16] Diógenes Laércio, 2, 140.

[17] Ver Jo Geffcken, "Zwei Dramen des Lykophron", *Hermes*, n° 26, 1891, p. 33.

teca, pelas comédias antigas, talvez como revisor crítico, talvez como organizador. Entretanto, a julgar por estudos mais recentes, continua aberta a questão da autoria do poema em pauta.[18]

Apenas com o intuito de facilitar o acesso do leitor ao texto, apresento a seguir elementos centrais de sua articulação geral:

1-30: preâmbulo do servo
31-364: conquista de Troia
365-1.089: retorno dos guerreiros
1.090-1.282: consequências da conquista de Troia
1.283-1.450: conflitos entre Ásia e Europa
1.451-1.460: lamentações
1.461-1.474: conclusão do servo

"Quanto ao resto, eu vi o poema datilografado, e não vi as notas até 6 ou 8 meses depois; e elas não aumentaram meu prazer com o poema em nada. O poema me parece uma unidade emocional..." São as palavras de Ezra Pound sobre *The Waste Land*, recordadas por Hugh Kenner em seu instigante livro sobre T. S. Eliot.[19] Lembrei-me delas ao elaborar as notas do *Alexandra*. Creio que não são fundamentais para a fruição estética do texto. Mesmo assim, resolvi incluí-las caso o leitor tenha interesse em se adentrar em outros planos do poema.

---

[18] Ver, por exemplo, Gérard Lambin, *L'Alexandra de Lycophron*, cit., pp. 11-41, e Simon Hornblower, *Lykophron: Alexandra*, Oxford, Oxford University Press, 2015, pp. 36-4, 47-9. Hornblower defende que os versos 1.446-50 se referem ao general romano Titus Quinctius Flamininus e a sua vitória diante de Filipe V da Macedônia em 197 a.C., tese que impossibilita a autoria do poema por Lícofron de Cálcis.

[19] Hugh Kenner, *The Invisible Poet: T. S. Eliot*, Nova York, The Citadel Press, 1964, p. 152.

Normalmente, o trímetro jâmbico é traduzido pelo decassílabo em português. Numa primeira tentativa, cheguei a adotar esse metro, mas logo desisti, devido à impressionante compactação do original, o que me fez optar pelo verso de doze sílabas. As dificuldades foram inúmeras, sobretudo quanto ao léxico particularíssimo do autor, que exigiu do tradutor uma atividade de decifração, mesmo tendo à mão diferentes dicionários da língua grega. Nesse sentido, foi fundamental para mim ter podido consultar o esclarecedor *Lexicon zu Lycophron* de Maria Grazia Ciani (já citado), nas várias pesquisas que fiz no excelente acervo da Joseph Regenstein Library da Universidade de Chicago. Procurei reconfigurar alguns aspectos da complexa engenharia verbal do autor, até onde consegui identificá-los.

Por fim, mas não por último, registro que foi Haroldo de Campos o primeiro crítico (para não dizer o único) a falar, entre nós, do *Alexandra* de Lícofron. Num artigo publicado originalmente em 1971 no jornal *O Estado de S. Paulo*, sob o título "Barroco em trânsito", registrava que muitos consideravam o alexandrino precursor de Góngora, Mallarmé e Joyce.[20] Haroldo chamava ainda a atenção para a estrutura do poema, enigmático em três níveis: monólogo oracular de uma pitonisa tida como louca, monólogo só conhecido a partir do que o guarda transmite ao rei, numa versão que afirma ser fidedigna, e "a transposição fragmentária de um discurso já por natureza interrompido e estilhaçado". A obra seria portanto o resultado de uma "intratextualidade". A tradução de três fragmentos que acompanha o ensaio é notável, em versos livres, ou melhor, polissilábicos, nos quais predomina a acentuação nas sílabas pares. Sem in-

---

[20] Publicado no Suplemento Literário de *O Estado de S. Paulo* em 28/3/1971, o ensaio foi incluído por Haroldo de Campos em seu livro *A operação do texto* (São Paulo, Perspectiva, 1976, pp. 139-50) com o título "Uma arquitextura do barroco".

correr em saudosismo, que não faria jus à sensibilidade de Haroldo, não deixa de surpreender que tenha sido possível abordar Lícofron entre nós, em um artigo de jornal, nos anos 1970. Menos surpreendente, em se tratando de Haroldo, é encontrar em seu texto o destaque de traços fulcrais do autor alexandrino. Para que o leitor possa apreciar a arte tradutória haroldiana, segue sua versão de um fragmento do início do poema:

> Contarei sem torcer tudo o que me perguntas,
> tudo, desde o cume do começo.
> Perdoa-me, porém, se o discurso delonga.
> Não tranquila como antes, a moça desta vez
> deslindava a boca fluida dos oráculos,
> lançando da garganta laurívora um confuso
> clamor desmesurado;
> flameava os vaticínios
> repetindo fiel a voz da Esfinge escura.
> Aquilo que eu retenho na alma e na memória
> escuta, ó Rei, e repassando-o
> no íntimo, sábio,
> persegue os lances difíceis de dizer
> de seu novelo de enigmas.
> Discerne a trilha clara por onde, reta rota,
> chegar às coisas trevosas.
> Agora eu, rompendo o nastro, linde extremo,
> alço-me ao giro das palavras oblíquas,
> alado corredor que abala o marco da partida.

Sobre as notas ao poema

Para a elaboração das notas ao poema foram consultadas as seguintes edições críticas:

HORNBLOWER, Simon. *Lykophron: Alexandra*. Oxford: Oxford University Press, 2015.

HURST, André. *Lycophron, Alexandra*. Paris: Les Belles Lettres, 2008.

LAMBIN, Gérard. *L'Alexandra de Lycophron*. Rennes: Presses Universitaires de Rennes, 2010.

LANZARA, Valeria Gigante. *Licofrone, Alessandra*. Milão: BUR Rizzoli, 2014.

"A poesia é por natureza toda ela enigmática
e não é do desavisado captá-la."

Platão, *Alcibíades* II, 147b

Ἀλεξάνδρα*

Λέξω τὰ πάντα νητρεκῶς, ἅ μ᾽ ἱστορεῖς,
ἀρχῆς ἀπ᾽ ἄκρας· ἢν δὲ μηκυνθῇ λόγος,
σύγγνωθι δέσποτ᾽· οὐ γὰρ ἥσυχος κόρη
ἔλυσε χρησμῶν, ὡς πρίν, αἰόλον στόμα,
ἀλλ᾽ ἄσπετον χέασα παμμιγῆ βοὴν   5
δαφνηφάγων φοίβαζεν ἐκ λαιμῶν ὄπα,
Σφιγγὸς κελαινῆς γῆρυν ἐκμιμουμένη.
τῶν ἄσσα θυμῷ καὶ διὰ μνήμης ἔχω,
κλύοις ἄν, ὦναξ, κἀναπεμπάζων φρενὶ
πυκνῇ διοίχνει δυσφάτους αἰνιγμάτων   10
οἴμας τυλίσσων, ᾗπερ εὐμαθὴς τρίβος
ὀρθῇ κελεύθῳ τἀν σκότῳ ποδηγετεῖ.
ἐγὼ δ᾽ ἄκραν βαλβῖδα μηρίνθου σχάσας,
ἄνειμι λοξῶν εἰς διεξόδους ἐπῶν,
πρώτην ἀράξας νύσσαν ὡς πτηνὸς δρομεύς.   15

---

* Texto grego estabelecido a partir de Lícofron, *Alexandra*, tradução de A. W. Mair, em *Callimachus and Lycophron*, A. W. Mair e G. R. Mair (orgs.), Londres/Nova York, William Heinemann/G. P. Putnam's Sons, 1921.

Alexandra

Responderei sem me esquivar ao que me indagas,
dos cimos do princípio.[1] Caso me delongue,
queiras me desculpar, pois não tranquila a moça
franqueou a boca variegada dos oráculos
como antes, mas, ecoando um grito indiscernível,
apolizava da laurívora garganta,
reproduzindo a voz da Esfinge enegrecida.[2]
O que minha memória e coração retêm,
poderias ouvi-lo, rei, e repisando
na mente aguda, segue as vias indizíveis
desenrolando enigmas, onde a trilha lúcida
por senda reta nos conduz em meio ao breu.
Eu rompo a corda no seu ponto extremo e adentro
o curso de sua fala oblíqua, como atleta
alado que abalroasse o marco da partida.

---

[1] O mensageiro prepara-se para relatar ao rei Príamo, de Troia, o que ouviu de sua filha Alexandra (Cassandra), aprisionada num cárcere de pedra, tida como louca por suas profecias. No original, as palavras de abertura formam um anagrama com o nome *Alexandra*: Λέξω τὰ πάντα νητρεκῶς, em que se destaca o próprio discurso proferido a seguir: "Responderei sem me esquivar". O nome de Alexandra só aparece no verso 30, e o de Príamo, indiretamente, no verso 19.

[2] Alexandra nutre-se de louro, como os adivinhos, antes de iniciar a fala inspirada.

Ἠὼς μὲν αἰπὺν ἄρτι Φηγίου πάγον
κραιπνοῖς ὑπερποτᾶτο Πηγάσου πτεροῖς,
Τιθωνὸν ἐν κοίταισι τῆς Κέρνης πέλας
λιποῦσα, τὸν σὸν ἀμφιμήτριον κάσιν.
οἱ δ᾽ οὖσα γρώνης εὐγάληνα χερμάδος   20
ναῦται λίαζον κἀπὸ γῆς ἐσχάζοσαν
ὕσπληγγας. αἱ δὲ παρθενοκτόνον Θέτιν
ἰουλόπεζοι θεῖνον εὐῶπες σπάθαις
πελαργοχρῶτες, αἱ Φαλακραῖαι κόραι,
ὑπὲρ Καλυδνῶν λευκὰ φαίνουσαι πτίλα,   25
ἄφλαστα, καὶ φώσσωνας ὠργυιωμένους
ἀπαρκτίαις πρηστῆρος αἴθωνος πνοαῖς.
ἡ δ᾽ ἔνθεον σχάσασα βακχεῖον στόμα,
ἄτης ἀπ᾽ ἄκρων βουπλανοκτίστων λόφων,
τοιῶνδ᾽ ἀπ᾽ ἀρχῆς ἦρχ᾽ Ἀλεξάνδρα λόγων·   30

Há pouco Aurora sobrevoava o penhasco
do Fégio sobre as asas rápidas do Pégaso,
deixando Títono adormecido em Cerne,
teu irmão de outra mãe.[3] Os nautas afrouxavam
os cabos do rochedo cavo na estiagem,
cortando amarras na zarpagem. Tez cegonha,
escolopendras moças olhirrutilantes
do monte Calvo golpeavam as espátulas
em Tétis, mar virginicida, ilhas Cálidnas
para trás, os aplustres nítidos, as asas
brancas, as velas grandes bracidesfraldadas
pelo ressopro apártico do ardor ciclônico.[4]
Com deus em si, a boca báquica escancara
no pico Insano, erráticonovilherguido,
principiando, Alexandra, do princípio:[5]

---

[3] Páris, irmão de Alexandra, vai iniciar sua viagem a Esparta, onde raptará Helena, esposa do rei Menelau, fato que provocará a guerra e a destruição de Troia. O mensageiro usa, para marcar o dia nascente, a figura de Aurora, que parte de sua morada no monte Fégio, abandonando Títono, seu amado (meio-irmão de Príamo, ambos filhos de Laomedonte), em Cerne, ilha da costa africana. Note-se a novidade da imagem: em Homero (*Odisseia*, XXIII, 243-6), Aurora é transportada por uma carruagem; em Lícofron, ela mesma cavalga o mítico cavalo alado Pégaso.

[4] Páris parte de Troia com sua esquadra fabricada com madeira do monte Calvo (referida como "filhas"), de múltiplos remos (aludidos como "escolopendras"), golpeando Tétis (referência ao mar; "virginicida", pois foi onde Hele se afogou criando o Helesponto, cf. verso 1.285). O irmão de Alexandra deixa para trás as ilhas Cálidnas e Tênedos.

[5] Inspirada por Apolo e Baco, Alexandra iniciará sua profecia, enquanto assiste à partida de Páris do alto do monte Ate ("Insano"). Destaque-se o notável composto no verso 29, ótimo exemplo da concentração mitológica que o autor opera com frequência: "erráticonovilherguido" (Ilos, seguindo um oráculo, fundara a cidade de Troia onde uma de suas vacas havia se alojado, no monte Ate).

Αἰαῖ, τάλαινα θηλαμών, κεκαυμένη
καὶ πρόσθε μὲν πεύκαισιν οὐλαμηφόροις
τριεσπέρου λέοντος, ὅν ποτε γνάθοις
Τρίτωνος ἠμάλαψε κάρχαρος κύων·
ἔμπνους δὲ δαιτρὸς ἡπάτων φλοιδούμενος   35
τινθῷ λέβητος ἀφλόγοις ἐπ᾽ ἐσχάραις
σμήριγγας ἐστάλαξε κωδείας πέδῳ,
ὁ τεκνοραίστης, λυμεὼν ἐμῆς πάτρας,
ὁ δευτέραν τεκοῦσαν ἄτρωτον βαρεῖ
τύψας ἀτράκτῳ στέρνον, ἔν τ᾽ αὐλῷ μέσῳ   40
πατρὸς παλαιστοῦ χερσὶν ὀχμάσας δέμας
Κρόνου παρ᾽ αἰπὺν ὄχθον, ἔνθα γηγενοῦς
ἵππων ταρακτής ἐστιν Ἰσχένου τάφος,
ὁ τὴν θαλάσσης Αὐσονίτιδος μυχοὺς
στενοὺς ὀπιπεύουσαν ἀγρίαν κύνα   45
κτανὼν ὑπὲρ σπήλυγγος ἰχθυωμένην,
ταυροσφάγον λέαιναν, ἣν αὖθις πατὴρ

"Ai, infeliz nutriz incendiada outrora
também por pinhos porta-hostes do leão
trivesperal![6] Um dia o cão dentiafilado
do Tritão o engoliu, mas ele sobrevive
e rasga suas vísceras, perdendo o pelo
ao bafo da bacia num braseiro sem
flama. Os cabelos caem do crânio, um a um,
do infanticida arrasador de meu país![7]
E da segunda mãe golpeia o esterno incólume
pesadamente contra o fuso e na arena
ergue entre as mãos um pugilista, o próprio pai,
rente à penha de Cronos, onde está a tumba
de Isqueno, ser da Terra que ataranta equinos.[8]
E à cadela furiosa que custodiava
o estreito oceânico do Ausônio, assassinou,
quando pescava além caverna, uma leoa
tauriletal, que o pai refez carbonizando

---

[6] Troia ("infeliz nutriz") fora anteriormente destruída por Héracles
("leão trivesperal"), que nasceu da relação amorosa de três noites entre
Zeus e Alcmena. Alexandra passa a falar dos infortúnios do herói.

[7] Como o rei Laomedonte recusa-se a pagar Posêidon, depois que este concluiu a construção da muralha de Troia, Tritão envia um monstro
("cão dentiafilado") para destruir a cidade. Héracles se deixa engolir pela
fera e a mata ao sair de suas entranhas, perdendo os cabelos em decorrên-
cia do calor (o epíteto "infanticida" é alusão ao assassinato de seus filhos,
em episódio narrado no *Héracles*, de Eurípides). Como compensação pela proeza, Héracles exige os cavalos de Ganimedes, irmão de Laomedonte. Diante da recusa, o próprio herói devasta a cidade.

[8] Héracles, fundador dos jogos, teria agredido Hera (sua "segunda
mãe") durante a guerra contra Pilos, e derrotado o próprio pai, Zeus,
quando este adentrou a arena olímpica na forma humana. Isqueno, gigante que praticou o autossacrifício para pôr fim à fome dizimadora, estaria
enterrado em Olímpia, sede dos jogos, e sua tumba espantava os cavalos
nas corridas.

σάρκας καταίθων λοφνίσιν δωμήσατο,
Λέπτυνιν οὐ τρέμουσαν, οὐδαίαν θεόν·
ἐξηνάριξεν ὅν ποτ' ἀξίφῳ δόλῳ　　　　　　50
νέκυς, τὸν Ἅιδην δεξιούμενον πάλαι·
λεύσσω σε, τλῆμον, δεύτερον πυρουμένην
ταῖς τ' Αἰακείοις χερσὶ τοῖς τε Ταντάλου
Λέτριναν οἰκουροῦσι λειψάνοις πυρὸς
παιδὸς καταβρωθέντος αἰθάλῳ δέμας,　　　55
τοῖς Τευταρείοις βουκόλου πτερώμασι·
τὰ πάντα πρὸς φῶς ἡ βαρύζηλος δάμαρ,
στείλασα κοῦρον τὸν κατήγορον χθονός,
ἄξει, πατρὸς μομφαῖσιν ἠγριωμένη,
λέκτρων θ' ἕκατι τῶν τ' ἐπεισάκτων γάμων.　60
αὐτὴ δὲ φαρμακουργός, οὐκ ἰάσιμον
ἕλκος δρακοῦσα τοῦ ξυνευνέτου λυγρὸν
Γιγαντοραίστοις ἄρδισιν τετρωμένου
πρὸς ἀνθοπλίτου, ξυνὸν ὀγχήσει μόρον,
πύργων ἀπ' ἄκρων πρὸς νεόδμητον νέκυν　　65
ῥοιζηδὸν ἐκβράσασα κύμβαχον δέμας·

as carnes com as tochas do sarmento, um ser
que destemia a Escorchadora deusa do ínfero.
Ardil sem lança, outrora um cadáver o
eliminou, a alguém que o Hades recebera.[9]
Miro-te, pobre, uma segunda vez em chamas
por mãos eácidas e chefes de Letrina,
ruínas de fogo e restos de um infante, prole
de Tântalo, que o fusco ardor dilacerou,
pelos penachos do boieiro Teutareu.[10]
À luz do sol, a esposa enciumada manda
o filho atraiçoar o próprio solo, vítima
das críticas do pai por causa de seu leito
e do himeneu com estrangeira.[11] Ela mesma,
experta em fármacos, ao ver a chaga lúgubre
sem cura de seu par, ferido pelos dardos
giganticidas de seu anti-hoplita, moira
comum suportará, dos cimos do torreão
sobre o cadáver neojungido, sibilando
a testa antes do corpo arremessado ao chão.

---

[9] No mar siciliano ("Ausônio"), Héracles mata Cila ("cadela", "leoa tauriletal"), que lhe roubou um dos bois de Gérion. Fórcis, pai de Cila, a ressuscita, queimando sua carne, sem temer Perséfone ("deusa do ínfero"). Como nas *Traquínias*, de Sófocles, Héracles é morto por um morto: o centauro Nesso que, agonizante, entrega à esposa do herói, Dejanira, como falso filtro amoroso, o veneno ("ardil sem lança") que elimina o marido.

[10] Depois da primeira destruição de Troia, Alexandra aborda a segunda. Três episódios teriam causado a guerra de Troia: a ação de Neoptólemo ("mãos eácidas"), a transferência do ombro de marfim de Pélops, filho de Tântalo, de Letrina para Troia, e as flechas ("penachos") de Teutareu (boieiro de Anfitríon) dadas por Héracles a Filoctetes.

[11] A narrativa volta-se a Enone, primeira mulher de Páris, que manda seu filho Corite conduzir os invasores gregos à cidade, cedendo às pressões do pai Cebre, que estava colérico por causa do casamento de Páris com Helena ("estrangeira").

πόθῳ δὲ τοῦ θανόντος ἠγκιστρωμένη,
ψυχὴν περὶ σπαίροντι φυσήσει νεκρῷ.
στένω, στένω σε δισσὰ καὶ τριπλᾶ, δορὸς
αὖθις πρὸς ἀλκὴν καὶ διαρπαγὰς δόμων 70
καὶ πῦρ ἐναυγάζουσαν αἰστωτήριον.
στένω σε, πάτρα, καὶ τάφους Ἀτλαντίδος
δύπτου κέλωρος, ὅς ποτ' ἐν ῥαπτῷ κύτει,
ὁποῖα πορκὸς Ἰστριεὺς τετρασκελής,
ἀσκῷ μονήρης ἀμφελυτρώσας δέμας, 75
Ῥειθυμνιάτης κέπφος ὣς ἐνήξατο,
Ζήρυνθον ἄντρον τῆς κυνοσφαγοῦς θεᾶς
λιπὼν ἐρυμνὸν κτίσμα Κυρβάντων Σάον,
ὅτ' ἠμάθυνε πᾶσαν ὀμβρήσας χθόνα
Ζηνὸς καχλάζων νασμός· οἱ δὲ πρὸς πέδῳ 80
πύργοι κατηρείποντο, τοὶ δὲ λοισθίαν
νήχοντο μοῖραν προὐμμάτων δεδορκότες.
φηγὸν δὲ καὶ δρύκαρπα καὶ γλυκὺν βότρυν
φάλλαι τε καὶ δελφῖνες αἵ τ' ἐπ' ἀρσένων
φέρβοντο φῶκαι λέκτρα θουρῶσαι βροτῶν. 85
λεύσσω θέοντα γρυνὸν ἐπτερωμένον
τρήρωνος εἰς ἅρπαγμα Πεφναίας κυνός,

Fisgada pela ausência do defunto, sobre
o morto palpitante expira a própria ânima.[12]
Pranteio uma segunda vez e uma terceira:
contemplas novamente as casas surrupiadas,
o fogo que as dizima, sob a lança intrépida.
Pranteio a pátria e à tumba do mergulhador,
filho de Atlântida, que, certa vez, na urna
cosida, igual a nassa ístria quadriperna,
num odre cincum-envolvendo o corpo, só,
feito petrel reitímnio, longe da caverna
da deusa algoz-de-cães, Zerinto, ele nadava,
Saos, baluarte coribante, quando a onda
de Zeus chovendo dissipou a terra inteira
com as borbulhas. Sobre o solo os torreões
desmoronavam e nadava quem, olhar
abaixo, contemplasse a moira derradeira.
Carvalho, glandes e dulcíssimos racimos
saciavam as baleias, os delfins e as focas
que assaltavam os leitos dos heróis viris.[13]
Vejo o tição alado apressurar-se ao rapto
de uma columba, perra da ínsula de Pefnos

---

[12] Enone tenta salvar Páris, ferido com as flechas de Filoctetes ("dardos giganticidas", pois com elas Héracles matara os gigantes) durante a invasão grega, mas morre também ela, arrependida, sobre seu cadáver.

[13] Alexandra aborda o mito de Dárdano (filho de Zeus e de Electra, filha de Atlas), avô de Tros. Durante o dilúvio, o "mergulhador" Dárdano deixa para trás a caverna de Zerinto (consagrada a Hécate, em cuja homenagem cães eram sacrificados) e Saos (monte da Samotrácia, local de culto de mistérios), cruzando o mar a nado ou numa embarcação rumo à futura Troia. O veículo a que recorre Dárdano ("nassa") é objeto de discussão: ou designaria a pele de um animal marinho ou um engenho de pesca. Em meio ao caos, baleias, delfins e focas emergem e se alimentam da vegetação, e as focas buscam manter relações sexuais com os homens.

ἢν τόργος ὑγρόφοιτος ἐκλοχεύεται,
κελυφάνου στρόβιλον ὠστρακωμένην.
καὶ δή σε ναύτην Ἀχερουσία τρίβος   90
καταιβάτις πύγαργον, οὗ πατρὸς κόπρους
στείβοντα ῥακτῶν βουστάθμων, ξενώσεται,
ὡς πρόσθε, κάλλους τὸν θυωρίτην τριπλαῖς.
ἀλλ᾽ ὀστρίμων μὲν ἀντὶ Γαμφηλὰς ὄνου
καὶ Λᾶν περάσεις, ἀντὶ δ᾽ εὐχίλου κάπης   95
καὶ μηλιαυθμῶν ἠδὲ χερσαίας πλάτης
τράμπις σ᾽ ὀχήσει καὶ Φερέκλειοι πόδες
δισσὰς σαλάμβας κἀπὶ Γυθείου πλάκας,
ἐν αἷσι πρὸς κύνουρα καμπύλους σχάσας
πεύκης ὀδόντας, ἕκτορας πλημμυρίδος,   100
σκαρθμῶν ἰαύσεις εἰναφώσσωνα στόλον.
καὶ τὴν ἄνυμφον πόρτιν ἁρπάσας λύκος,
δυοῖν πελειαῖν ὠρφανισμένην γονῆς
καὶ δευτέραν εἰς ἄρκυν ὀθνείων βρόχων
ληΐτιν ἐμπταίσασαν ἰξευτοῦ πτερῷ,   105

que um abutre aquícola concede à luz
na carapaça sob o cone de um invólucro.[14]
E a via declinante do Aqueronte, ó nauta
ânus-luzente, sem pisar no estercoral
do pai no áspero curral, te hospedará,
como antes o porteiro das beldades tríplices.[15]
Mas, em lugar do estábulo, a Ganacha do Asno
irás cruzar e o Lás, mas não a manjedoura
com um aprisco ou remo em terra firme. A nau,
com seus pés ferecleus, irá te transportar
às duas chaminés e ao plaino de Guteio.[16]
Enganchas no recife os dentes recurvados
do pinho, proteção heitórea contra as vagas,
do afã adormecendo as naus de velas nônuplas.
Lobo, sequestrador da virginal novilha
sem suas duas filhas, dupla de columbas,
e, na segunda rede da trama estrangeira,
asa cativa adentro de um passarinheiro,

---

[14] Alexandra retoma as ações que estão prestes a ocorrer: a viagem de Páris ("tição alado") a Esparta, de onde trará Helena ("columba", "perra"). Hécuba sonhou que daria à luz uma tocha responsável pelo incêndio de Troia (Páris), sequestrador da cadela (Helena) num navio (as asas de Páris remetem às velas de sua nau) em Pefnos, na Lacônia. Helena foi concebida de um ovo ("invólucro"), após Zeus, metamorfoseado em cisne, ter seduzido Leda.

[15] Inicia-se em Pefnos, na Lacônia, a viagem que leva Páris ao Aqueronte, em direção ao Hades. Alexandra se dirige a Páris: o personagem é referido por um epíteto feminizante ("ânus-luzente"). Contrasta, com a imagem, a vida pastoral pregressa de Páris, educado longe do palácio de Troia. "Beldades tríplices": alusão ao julgamento de Páris, referido já por Homero (*Ilíada*, XXIV, 28-9).

[16] Páris passa por Onugnato ("Ganacha do Asno") e Lás, dois promontórios no sul da Lacônia. "Pés ferecleus" são os remos (alusão a Féreclo, construtor do navio de Páris) e Guteio é um porto de Esparta.

Θύσαισιν ἁρμοῖ μηλάτων ἀπάργματα
φλέγουσαν ἐν κρόκαισι καὶ Βύνῃ θεᾷ,
θρέξεις ὑπὲρ Σκάνδειαν Αἰγίλου τ' ἄκραν,
αἴθων ἐπακτὴρ καγχαλῶν ἀγρεύματι.
νήσῳ δ' ἐνὶ δράκοντος ἐκχέας πόθον   110
Ἀκτῆς, διμόρφου γηγενοῦς σκηπτουχίας,
τὴν δευτέραν ἔωλον οὐκ ὄψει Κύπριν,
ψυχρὸν παραγκάλισμα κἀξ ὀνειράτων
κεναῖς αφάσσων ὠλέναισι δέμνια.
ὁ γάρ σε συλλέκτροιο Φλεγραίας πόσις   115
στυγνὸς Τορώνης, ᾧ γέλως ἀπέχθεται
καὶ δάκρυ, νῆις δ' ἐστὶ καὶ τητώμενος
ἀμφοῖν, ὁ Θρήκης ἔκ ποτ' εἰς ἐπακτίαν
Τρίτωνος ἐκβολαῖσιν ἠλοκισμένην
χέρσον περάσας, οὐχὶ ναυβάτῃ στόλῳ,   120
ἀλλ' ἀστίβητον οἶμον, οἷά τις σιφνεύς,
κευθμῶνος ἐν σήραγγι τετρήνας μυχούς,
νέρθεν θαλάσσης ἀτραποὺς διήνυσε,
τέκνων ἀλύξας τὰς ξενοκτόνους πάλας
καὶ πατρὶ πέμψας τὰς ἐπηκόους λιτὰς   125

quando queimava no areal a grei em prol
do tíaso dionisíaco e da Bina diva,
irás além falésia Egilos e Escandea,
flâmeo na caça, exultante com a presa.[17]
Saciado o anseio na ilha do dragão na Ática,
terrígeno biforme portador do cetro,
não hás de ver uma segunda vez Amor,
mas num amplexo gélido, sem mais sonhar,
afagarás a manta no vazio dos braços.[18]
Pois o marido circunspecto de Torone
de Flegras, ele que odiava o riso e a lágrima,
desconhecendo-os sem jamais os ter provado,
ele que um dia deixa a Trácia pela encosta
seca que Tríton sulca com seu forte jorro,
não numa esquadra de remeiros, mas por rota
ainda não trilhada, igual a uma toupeira
perfurava os baixios na fenda do abismo;
no pélago profundo percorreu sendeiros,
poupando-se dos filhos, agressores torpes
dos hóspedes.[19] Ao pai endereçou a súplica:

---

[17] Páris ("lobo") sequestra Helena ("virginal novilha") enquanto esta fazia sacrifícios às Bacantes e a Bina (Ino). Helena havia sido sequestrada uma primeira vez, ainda criança, por Teseu.

[18] Páris teria levado um simulacro de Helena para Troia, enquanto a verdadeira Helena teria ficado no Egito, protegida pelo rei Proteu ("marido circunspecto de Torone"), como explica a digressão que se inicia no verso 115. Chama a atenção a estrutura sintática deste trecho sobre Proteu interpolado à narrativa principal: no original, o objeto direto no verso 115 (pronome "te", referente a Páris) é complemento de um verbo que só aparecerá no verso 130. Em ordem direta: Proteu irá te injuriar (Páris).

[19] Proteu realiza uma viagem subterrânea pela corrente do rio Nilo (Tríton) a partir de Flegras (antigo nome de Palene), onde contraíra núpcias com Torone, de volta para sua terra natal, Egito, de onde se ausenta-

στῆσαι παλίμπουν εἰς πάτραν, ὅθεν πλάνης
Παλληνίαν ἐπῆλθε γηγενῶν τροφόν —
κεῖνός σε, Γουνεὺς ὥσπερ, ἐργάτης δίκης
τῆς θ᾽ Ἡλίου θυγατρὸς Ἰχναίας βραβεύς,
ἐπεσβολήσας λυγρὰ νοσφιεῖ γάμων,   130
λίπτοντα κάσσης ἐκβαλὼν πελειάδος·
ὅς τοὺς Λύκου τε καὶ Χιμαιρέως τάφους
χρησμοῖσι κυδαίνοντας οὐκ αἰδούμενος
οὐδ᾽ Ἀνθέως ἔρωτας οὐδὲ τὸν ξένοις
σύνδορπον Αἰγαίωνος ἀγνίτην πάγον   135
ἔτλης θεῶν ἀλοιτὸς ἐκβῆναι δίκην,
λάξας τράπεζαν κἀνακυπώσας Θέμιν,
ἄρκτου τιθήνης ἐκμεμαγμένος τρόπους.
τοιγὰρ ψαλάξεις εἰς κενὸν νευρᾶς κτύπον,
ἄσιτα κἀδώρητα φορμίζων μέλη·   140
κλαίων δὲ πάτραν τὴν πρὶν ἠθαλωμένην
ἵξῃ χεροῖν εἴδωλον ἠγκαλισμένος
τῆς πενταλέκτρου θυιάδος Πλευρωνίας.
γυιαὶ γὰρ εὐναστῆρας ἄμναμοι τριπλαῖς
πήναις κατεκλώσαντο δηναιᾶς Ἁλός   145

permitisse tornar a seu rincão. Errara
até a nutriz paleniana dos gigantes.[20]
Como um Guneu, artífice do Justo e árbitro
de Icnea, filha de Hélio-Sol, ele haverá
de te injuriar e de privar dos esponsais,
negando-te a pomba cortesã que inflama-te.[21]
Desdenhaste o oráculo, menosprezando
os túmulos de Licos e de Quimereu,
e o amor de Anteu, também os purificadores
cristais do Egeu, compartilhados por convivas.
Ousaste refugar, culpado, a lei dos deuses,
escoiceando a mesa e revirando Têmis,
tu que emprestaste os modos de tua ama ursa.[22]
Dedilharás inutilmente o som das cordas,
soando a melodia sem regalo ou víveres.
E lamentando teu país já calcinado,
estreitarás nas mãos, em teu retorno, a imagem
da pleuroniana mênade dos cinco leitos,
pois as herdeiras mancas do Oceano ancião
fiaram numa tripla trama que os esposos

---

ra por não suportar o modo como seus filhos, Polígono e Telégono, trata-
vam os hóspedes, matando-os depois de derrotá-los em luta.

[20] Proteu invoca o pai, Posêidon, em função de seu retorno (Palene,
península da Calcídica, seria a terra dos gigantes).

[21] Como um Guneu, árabe lendário por seu espírito justo e juiz de
Têmis Icnaia, Proteu expulsou Páris de seu reino, impedindo-o de ficar
com Helena. Em sua viagem de volta a Troia, partindo de Esparta, Páris
havia aportado no Egito por causa de uma tempestade.

[22] Páris desrespeita Menelau, que viajara para Troia a fim de reali-
zar um sacrifício na tumba de Licos e Quimereu e pôr fim à peste em Esparta. Na ocasião, Páris mata acidentalmente o seu próprio amante, Anteu, e rompe o pacto de hospitalidade selado com sal ("cristais do Egeu"),
o que é comparado aos modos selvagens da ursa que o amamentara.

νυμφεῖα πεντάγαμβρα δαίσασθαι γάμων.
δοιὼ μὲν ἁρπακτῆρας αὐγάσει λύκους,
πτηνοὺς τριόρχας αἰετοὺς ὀφθαλμίας,
τὸν δ' ἐκ Πλυνοῦ τε κἀπὸ Καρικῶν ποτῶν
βλαστόντα ρίζης, ἡμικρῆτα βάρβαρον,   150
Ἐπειόν, οὐκ Ἀργεῖον ἀκραιφνῆ γοναῖς.
οὗ πάππον ἐν γαμφαῖσιν Ἐνναία ποτὲ
Ἔρκυνν' Ἐρινὺς Θουρία Ξιφηφόρος
ἄσαρκα μιστύλασα τύμβευσεν φάρῳ,
τὸν ὠλενίτην χόνδρον ἐνδατουμένη.   155
ὃν δὴ δὶς ἡβήσαντα καὶ βαρὺν πόθον
φυγόντα Ναυμέδοντος ἁρπακτήριον
ἔστειλ' Ἐρεχθεὺς εἰς Λετριναίους γύας
λευρὰν ἀλετρεύσοντα Μόλπιδος πέτραν,
τοῦ Ζηνὶ δαιτρευθέντος Ὀμβρίῳ δέμας,   160
γαμβροκτόνον ραίσοντα πενθεροφθόροις
βουλαῖς ἀνάγνοις, ἃς ὁ Καδμίλου γόνος
ἤρτυσε. τὸν δὲ λοῖσθον ἐκπιὼν σκύφον
φερωνύμους ἔδυψε Νηρέως τάφους,

cantassem esponsais ladeando os cinco genros.[23]
E ela verá os dois lupinos de rapina,
bútios em voo, lúgubres de olhar agudo.
Já o terceiro é fruto da raiz de Plinos
e da água cária, bárbaro semicretense,
epeu, não genuíno argivo de nascença.[24]
A seu avô, a Ercina Enea Erina Fúria,
entre as ganachas, descarnando, triturando,
sepultou certa vez no interior da gorja,
ao secionar a cartilagem da espádua.[25]
Foi quem, por duas vezes remoçado, em fuga
do amor molestador do Navicondutor,
a mando de Erecteu nos campos letrineus,
pulverizou a rocha íngreme de Mólpis
que a Zeus Pluvioso se imolou.[26] E deu um fim
em quem matara os genros com ardil impuro
fatal ao sogro, divisado pelo filho
de Cadmilo: vazia a copa em que bebera,
no epônimo sepulcro de Nereu mergulha

---

[23] Após nova alusão à primeira tomada de Troia, por Héracles (cf. 31-2), Alexandra menciona os cinco maridos de Helena (que seria descendente de Plêuron): Teseu, Menelau, Páris, Deífobo e Aquiles. "Herdeiras mancas" é referência às Moiras.

[24] Os "dois lupinos de rapina" aludem a Teseu e Páris. Menelau é descendente de Atlas, que teria nascido na cidade de Plinos, na Líbia.

[25] Menelau seria neto de Pélops, cujo mito é referido na *Primeira Olímpica* de Píndaro: morto e esquartejado por seu pai Tântalo, Pélops é servido num banquete aos deuses, onde Deméter (Ercina, Enea, Erina, Fúria) se alimenta de uma de suas omoplatas.

[26] Ressuscitado ("duas vezes remoçado") por Hermes, Pélops é raptado por Posêidon (Navicondutor) e levado ao Olimpo. "Erecteu", no caso, é um epíteto de Zeus (e não de Posêidon, a quem cabe normalmente a denominação).

πανώλεθρον κηλῖδα θωύξας γένει, 165
ὁ τὴν πόδαργον Ψύλλαν ἡνιοστροφῶν
καὶ τὴν ὁπλαῖς Ἄρπινναν Ἁρπυίαις ἴσην.
τὸν δ᾽ αὖ τέταρτον αὐθόμαιμον ὄψεται
κίρκου καταρρακτῆρος, ὅν τε συγγόνων
τὰ δευτερεῖα τῆς δαϊσφάλτου πάλης 170
λαβόντα κηρύξουσιν. ἐν δὲ δεμνίοις
τὸν ἐξ ὀνείρων πέμπτον ἐστροβημένον
εἰδωλοπλάστῳ προσκαταξανεῖ ῥέθει,
τὸν μελλόνυμφον εὐνέτην Κυταϊκῆς,
τῆς ξεινοβάκχης, ὅν ποτ᾽ Οἰνώνης φυγάς, 175
μύρμων τὸν ἐξάπεζον ἀνδρώσας στρατόν,
Πελασγικὸν Τυφῶνα γεννᾶται πατήρ,
ἀφ᾽ ἑπτὰ παίδων φεψάλῳ σποδουμένων
μοῦνον φλέγουσαν ἐξαλύξαντα σποδόν.
χὠ μὲν παλιμπόρευτον ἵξεται τρίβον, 180
σφῆκας δαφοινοὺς χηραμῶν ἀνειρύσας,

vociferando contra a raça a maldição,
quem manuseara as rédeas da fulgente Psila
e Harpina, cascos símiles aos de uma Harpia.[27]
E, em quarto, ela verá o consanguíneo abrupto
do falcão, proclamado vicevencedor
na luta de extermínio, entre seus irmãos.[28]
No leito, atarantado ao deixar os sonhos,
ela acariciará o quinto com seu corpo
fantasmagórico, marido no futuro
da dionisialienígena citaica,[29]
alguém que no passado o prófugo de Enone
homificando as hostes da formiga hexápode,
o pai engendra, um Tífon da Pelásgia, o único
dos sete filhos consumidos pela brasa
a conseguir escapulir da cinza rubra.[30]
E ele repisará o sendeiro no retorno
e sacará dos ocos vespas rubricores,

---

[27] Pélops junta-se a Mirtilo, filho de Hermes ("Cadmilo"), para matar o rei Enomao, pai de Hipodâmia, que havia matado todos os pretendentes da filha. Após o estratagema, levado a efeito numa corrida de cavalos, o auriga Mirtilo é atirado ao mar ("sepulcro de Nereu") por Pélops, e antes de morrer amaldiçoa os descendentes deste. Psila e Harpina são as éguas de Enomao.

[28] Alexandra alude ao quarto parceiro de Helena, Deífobo, filho de Príamo, o melhor guerreiro troiano depois de Heitor. Após a morte de Páris, Príamo destina-o a Helena.

[29] O quinto marido de Helena (ou de seu simulacro) foi Aquiles (que se casará, depois de morto, com Medeia, a "dionisialienígena citaica).

[30] Fugitivo de Enone (antigo nome de Egina), Peleu, pai de Aquiles ("Tífon da Pelásgia"), conseguiu, com a ajuda de Zeus, metamorfosear em homens as formigas que ocupavam a região (o que explicaria a etimologia da palavra "mirmidões"). Dos sete filhos de Tétis, o único sobrevivente foi Aquiles; os demais pereceram no fogo em que a mãe os lançara com intenção de imortalizá-los.

ὁποῖα κοῦρος δῶμα κινήσας καπνῷ·
οἱ δ' αὖ προγεννήτειραν οὐλαμωνύμου
βύκταισι χερνίψαντες ὠμησταὶ πόριν,
τοῦ Σκυρίου δράκοντος ἔντοκον λεχώ,   185
ἣν ὁ ξύνευνος Σαλμυδησίας ἁλὸς
ἐντὸς ματεύων, Ἑλλάδος καρατόμον,
δαρὸν φαληριῶσαν οἰκήσει σπίλον
Κελτοῦ πρὸς ἐκβολαῖσι λιμναίων ποτῶν,
ποθῶν δάμαρτα, τήν ποτ' ἐν σφαγαῖς κεμὰς   190
λαιμὸν προθεῖσα φασγάνων ἒκ ῥύσεται.
βαθὺς δ' ἔσω ῥηγμῖνος αὐδηθήσεται
ἔρημος ἐν κρόκαισι νυμφίου δρόμος,
στένοντος ἄτας καὶ κενὴν ναυκληρίαν
καὶ τὴν ἄφαντον εἶδος ἠλλοιωμένην   195
γραῖαν σφαγείων ἠδὲ χερνίβων πέλας
Ἅιδου τε παφλάζοντος ἐκ βυθῶν φλογὶ
κρατῆρος, ὃν μέλαινα ποιφύξει φθιτῶν
σάρκας λεβητίζουσα δαιταλουργίᾳ.
χὼ μὲν πατήσει χῶρον αἰάζων Σκύθην,   200
εἰς πέντε που πλειῶνας ἱμείρων λέχους.

feito um menino que atiçasse uma colmeia,
e os demais a seguir, que imolarão, cruéis,
ao vento mugidor a mãe do drago escírio,
Neobélico, homônimo da guerra.[31] Busca-a
o cônjuge, a degoladora dos helenos,
em mar salmidesiano, cuja moradia
será por muito tempo o rochedo alvar,
rente aos bocais do Celtro de águas pantanosas,
querendo a esposa que, no sacrifício, a cerva,
oferecendo a goela, afastará do gládio.[32]
O fundo ermo da rebentação na praia
será chamado então 'corrida do marido',
que chora a própria ruína e a viagem vã
e a ausente transformada em graia que ao redor
da laje da degola e da bacia lustral
e da caldeira borbulhante com a flama
abísmea do Hades, que ela, enegrecida, sopra,
cozinhará a carne morta do repasto.[33]
Percorrerá amargurado o solo cita
por um quinquênio quase, ansiando a esposa.

---

[31] Depois da longa digressão sobre os outros maridos de Helena, o poema retorna a Páris (verso 180: ele), que será perseguido pelos gregos (aludidos com a bela metáfora das vespas sanguíneas), os quais imolarão Ifigênia para obter ventos favoráveis na incursão a Troia — nesta versão, Ifigênia é mãe de Neoptólemo ("drago escírio", "Neobélico"), a partir da união com Aquiles.

[32] O esposo (Aquiles) busca Ifigênia que, em Táuris, torna-se sacerdotisa de Ártemis, deusa que sacrifica os invasores daquele espaço. Ártemis salvara Ifigênia, substituída por uma cerva no momento do sacrifício desejado pelos gregos. "Rochedo alvar" se refere à ilha Branca, próxima à foz do Danúbio ("Celtro"), no mar Negro.

[33] Ifigênia havia assumido o aspecto de uma velha feiticeira, que cozinha estrangeiros no fogo de uma caverna subterrânea.

οἱ δ' ἀμφὶ βωμὸν τοῦ προμάντιος Κρόνου
σὺν μητρὶ τέκνων νηπίων κρεανόμου
ὅρκων τὸ δευτεροῦχον ἄρσαντες ζυγὸν
στερρὰν ἐνοπλίσουσιν ὠλέναις πλάτην,   205
σωτῆρα Βάκχον τῶν πάροιθε πημάτων
Σφάλτην ἀνευάζοντες, ᾧ ποτ' ἐν μυχοῖς
Δελφινίου παρ' ἄντρα Κερδῴου θεοῦ
Ταύρῳ κρυφαίας χέρνιβας κατάρξεται
ὁ χιλίαρχος τοῦ πολιρραίστου στρατοῦ.   210
ᾧ θυμάτων πρόσπαιον ἐκτίνων χάριν
δαίμων Ἐνόρχης Φιγαλεὺς Φαυστήριος
λέοντα θοίνης, ἴχνος ἐμπλέξας λύγοις,
σχήσει, τὸ μὴ πρόρριζον αἰστῶσαι στάχυν
κείροντ' ὀδόντι καὶ λαφυστίαις γνάθοις.   215
λεύσσω πάλαι δὴ σπεῖραν ὁλκαίων κακῶν,
σύρουσαν ἅλμῃ κἀπιροιζοῦσαν πάτρᾳ
δεινὰς ἀπειλὰς καὶ πυριφλέκτους βλάβας.
Ὡς μή σε Κάδμος ὤφελ' ἐν περιρρύτῳ
Ἴσσῃ φυτεῦσαι δυσμενῶν ποδηγέτην,   220
τέταρτον ἐξ Ἄτλαντος ἀθλίου σπόρον,
τῶν αὐθομαίμων συγκατασκάπτην Πρύλιν,
τόμουρε πρὸς τὰ λῷστα νημερτέστατε·

Reúnem-se ao redor da ara de Cronos, áugure
devorador do cruor das crias com a mãe.[34]
Depois que o jugo ajustem da segunda jura,
equiparão as mãos com remos inquebráveis
na invocação a Baco Abatedor, que a dor
anterior curara. Nos baixios, às margens
do antro do deus Delfínio Frutuoso, o chefe
quiliarca do tropel dizimador-de-urbes
dará início à lustração em prol do Touro.
Em retribuição ao rito imprevisto,
o deus Testicular Filágio Luminoso
afasta do festim o leão: amarra as patas
com a gavinha, temeroso de que o dente
da queixada voraz segasse a raiz da espiga.[35]
Há muito avisto a aducha dos sirgados males
no arrasto da salsugem, sibilando à pátria
ameaças tétricas e ruína incendiária.[36]
Não te gerara Cadmo na circum-marinha
ínsula Issa, um guia de inimigos, quarta
cria do fatigado Atlas, Príli, algoz
do burgo de seu clã, vidente veracíssimo
de triunfos inimigos, nem meu pai houvera

---

[34] A passagem faz referência aos versos 305-29 do canto II da *Ilíada*, nos quais os gregos, ao redor do altar de Cronos em Áulis, deparam-se com uma serpente trucidando nove pássaros (a mãe e suas oito crias), o que seria um prenúncio dos anos de duração da guerra de Troia.

[35] Na primeira expedição contra Troia, Dioniso ("Baco Abatedor", "deus Testicular Filágio", "Touro") protegera os gregos contra Télefo, rei da Mísia (o "leão" amarrado pelo deus), graças aos sacrifícios oferecidos por Agamêmnon em Delfos (sobre Télefo, cf. também versos 1.351-3).

[36] Entre duas passagens narrativas, tem lugar outra visão profética de Alexandra: a chegada dos navios gregos a Troia, referidos como serpentes, e o incêndio da cidade.

μήδ' Αἰσακείων οὑμὸς ὤφελεν πατὴρ
χρησμῶν ἀπῶσαι νυκτίφοιτα δείματα,   225
μιᾷ δὲ κρύψαι τοὺς διπλοῦς ὑπὲρ πάτρας
μοίρᾳ, τεφρώσας γυῖα Λημναίῳ πυρί·
οὐκ ἂν τοσῶνδε κῦμ' ἐπέκλυσεν κακῶν.
καὶ δὴ Παλαίμων δέρκεται βρεφοκτόνος
ζέουσαν αἰθυίαισι πλεκτανοστόλοις   230
γραῖαν ξύνευνον Ὠγένου Τιτηνίδα.
καὶ δὴ διπλᾶ σὺν πατρὶ ῥαίεται τέκνα,
στερρῷ τυπέντι κλεῖδας εὐάρχῳ μύλῳ,
τὰ πρόσθεν αὐλητῆρος ἐκπεφευγότα
ψυδραῖσι φήμαις λαρνακοφθόρους ῥιφάς,   235
ᾧ δὴ πιθήσας στυγνὸς ἄρταμος τέκνων,
αἰθυιόθρεπτος πορκέων λιναγρέτης,
κρηθμοῖσι καὶ ῥαιβοῖσι νηρίταις φίλος,
χηλῷ κατεδρύφαξε διπτύχους γονάς.

refugado os notívagos vislumbres hórridos
das predições de Esaco, mas, por meu país,
obscurecera a dupla numa moira única,
calcinando seus membros numa pira em Lemnos,
um vagalhão tremendo não rebentaria.[37]
E o infanticida Palemôn já vê bulir
a graia titanida, cônjuge de Ogenos,
com as gaivotas enxarciadas.[38] Prole dupla
é dizimada com o pai, em cuja nuca
a rija mó de augúrio ótimo atinge;
os dois, anteriormente salvos da mentira
de um flautista, arrojados na urnamorticida,
alguém que persuadira o trinchador de infantes
mergansoalimentado, vimecapturado
em pesca, amigo de alga e de nerita sesga,
a encapsular na urna a dupla de rebentos.[39]

---

[37] Príli, filho de Hermes ("Cadmo") e da ninfa Issa (antigo nome de
Lesbos), e neto de Atlas, foi o vidente que revelou aos gregos que Troia seria tomada pelo cavalo de madeira. Esaco, filho de Príamo com a primeira esposa Arisba, foi o adivinho que interpretou o sonho de Hécuba segundo o qual ela geraria um "tição ardente". Esaco sugere que o pai a mate junto com o filho recém-nascido, Páris, conselho que Príamo não segue.

[38] "O infanticida Palemôn" é o deus marinho a quem eram sacrifi-
cadas crianças em Tênedos, ilha em frente a Troia. "Graia titanida" é Tétis, esposa de Oceano, identificada na passagem com o próprio mar. A
imagem faz referência à chegada dos navios gregos.

[39] Cicnos ("trinchador de infantes") é morto por Aquiles com seus
dois filhos, Tenes e Hemitea. A pedra que os mata é ironicamente qualifi-
cada como "de augúrio ótimo", por sugerir a proeza futura dos gregos em
Troia. Cicnos, enganado por Filonome, a madrasta de seus filhos, e pelo
flautista Molpo, lançara Tenes e Hemitea ao mar numa arca, que chegou
à ilha de Tênedos. Descoberto o plano, Cicnos mata a mulher e o flautista, unindo-se aos filhos. Filho de Posêidon, Cicnos ("mergansoalimentado", "vimecapturado") fora abandonado à beira-mar pela mãe, a ninfa

σὺν τοῖς δ' ὁ τλήμων, μητρὸς οὐ φράσας θεᾶς   240
μνήμων ἐφετμάς, ἀλλᾶ ληθάργῳ σφαλείς,
πρηνὴς θανεῖται στέρνον οὐτασθεὶς ξίφει.
καὶ δὴ στένει Μύρινα καὶ παράκτιοι
ἵππων φριμαγμὸν ἠόνες δεδεγμέναι,
ὅταν Πελασγὸν ἅλμα λαιψηροῦ ποδὸς   245
εἰς θῖν' ἐρείσας λοισθίαν αἴθων λύκος
κρηναῖον ἐξ ἄμμοιο ῥοιβδήσῃ γάνος,
πηγὰς ἀνοίξας τὰς πάλαι κεκρυμμένας.
καὶ δὴ καταίθει γαῖαν ὀρχηστὴς Ἄρης,
στρόμβῳ τὸν αἱματηρὸν ἐξάρχων νόμον.   250
ἅπασα δὲ χθὼν προύμμάτων δῃουμένη
κεῖται, πέφρικαν δ' ὥστε ληίου γύαι
λόγχαις ἀποστίλβοντες, οἰμωγὴ δέ μοι
ἐν ὠσὶ πύργων ἐξ ἄκρων ἰνδάλλεται,
πρὸς αἰθέρος κυροῦσα νηνέμους ἕδρας,   255
γόῳ γυναικῶν καὶ καταρραγαῖς πέπλων,
ἄλλην ἐπ' ἄλλῃ συμφορὰν δεδεγμένων.
Ἐκεῖνό σ', ὦ τάλαινα καρδία, κακὸν
ἐκεῖνο δάψει πημάτων ὑπέρτατον,
εὖτ' ἂν λαβράζων περκνὸς αἰχμητὴς χάρων,   260
πτεροῖσι χέρσον αἰετὸς διαγράφων
ῥαιβῷ τυπωτὴν τόρμαν ἀγκύλῃ βάσει,

Com eles, o infeliz, que olvida o aviso divo
da mãe, letárgico na deslembrança, adaga
cravada bem no peito, morrerá de borco.[40]
Mirina já lastima e, à beira-mar, as praias
ao absorver bufidos hípicos, quando o ímpeto
pelásgio de ágil pé do lobo cintilante
cravando a duna última redemoínha
da areia o rútilo das águas, dando a ver
fontanas desde há muito tempo enclausuradas.[41]
E o dançarino Ares cresta já a terra,
preludiando o canto rubro com o estrombo.
E à minha vista todo campo dizimado
jaz: tal e qual planície onde o trigo eriça,
à espada ela faísca. Soa a meus ouvidos
lamúria da elevada torre, permeando
éter acima rumo às sédias desventosas,
mulheres pranteando, vestiduras la-
ceradas à visão de inúmeras catástrofes.
Aquele, pobre coração, será aquele
o mal a te roer, extremo sofrimento,
quando arrojante, fosca, olhiardente, bélica,
a águia transgrafe o solo seco com a asa:
contornará a meta onde imprime o curso

Cálice. Alimentado por um pássaro, pescadores o encontram quando bus-
cavam um cisne, de onde provém seu nome.

[40] Mnêmon é enviado por sua mãe Tétis até Aquiles para evitar que
este mate Tenes (que na verdade é filho de Apolo). Lícofron joga com o
nome de Mnêmon ("o que recorda", em grego): o mensageiro se esquece
de transmitir o recado e também é morto por Aquiles.

[41] Mirina é a Amazona enterrada nas cercanias de Troia. O desem-
barque de Aquiles ("lobo cintilante") em Troia ocorre em registro epifâ-
nico: ao cravar o pé no areal, brota uma fonte cristalina.

κλάζων τ' ἄμικτον στόματι ῥιγίστην βοήν,
τὸν φίλτατόν σου τῶν ἀγαστόρων τρόφιν
Πτῴου τε πατρός ἁρπάσας μετάρσιον, 265
ὄνυξι γαμφηλαῖσί θ' αἱμάσσων δέμας,
ἔγχωρα τίφη καὶ πέδον χραίνῃ φόνῳ,
λευρᾶς βοώτης γατομῶν δι' αὔλακος.
λαβὼν δὲ ταύρου τοῦ πεφασμένου δάνος,
σκεθρῷ ταλάντῳ τρυτάνης ἠρτημένον, 270
αὖθις τὸν ἀντίποινον ἐγχέας ἴσον
Πακτώλιον σταθμοῖσι τηλαυγῆ μύδρον,
κρατῆρα Βάκχου δύσεται, κεκλαυσμένος
νύμφαισιν αἳ φίλαντο Βηφύρου γάνος
Λειβηθρίην θ' ὕπερθε Πιμπλείας σκοπήν, 275
ὁ νεκροπέρνας, ὃς προδειμαίνων πότμον
καὶ θῆλυν ἀμφὶ σῶμα τλήσεται πέπλον
δῦναι, παρ' ἱστοῖς κερκίδος ψαύσας κρότων,
καὶ λοῖσθος εἰς γῆν δυσμενῶν ῥῖψαι πόδα,
τὸ σόν, ξύναιμε, κἂν ὕπνῳ πτήσσων δόρυ. 280

recurvo e urlando o frígido clangor estrídulo
suspenderá nos altos teu irmão dileto,
a quem o pai ptoeu sobreadorava, ímpar.[42]
O corpo sanguinoso entre rostro e garras
tingirá o paul e o plaino de cruor,
um lavrador que a rasa fenda sulca ao chão.
Depois de, touro morto, receber mercê
pesada com exatidão numa balança,
idêntico resgate revertido ao prato,
lingote pactuliano longirrefulgente,
mergulhará na copa de Dioniso, lágrimas
vertendo as ninfas que amam o Befiro rútilo
e o baluarte leibetriano sobre Pímplea.[43]
Prétemeroso à sina, o necromercador
suportará vestir um peplo feminino,
tocar o trom da lançadeira do tear,
o derradeiro pé a pisar a terra adversa,
mesmo em sonho, irmão, prostrado à tua lança.[44]

---

[42] Nesta passagem, Alexandra dirige-se ao próprio coração, recurso euridipiano responsável pelo tom patético de suas cenas (cf., por exemplo, *Medeia*, 1.242). A "águia" é Aquiles, e o "irmão dileto" é Heitor, filho, segundo certa tradição, de Apolo ("pai ptoeu"), e não de Príamo.

[43] Pela devolução do corpo de Heitor ("touro morto"), Aquiles receberá uma quantia em ouro correspondente ao peso do herói troiano. O mesmo procedimento será adotado pelos troianos quando da devolução do corpo de Aquiles. O rio Pactolo era famoso pela abundância aurífera. A copa dionisíaca é a imagem da urna funerária que Tétis, mãe de Aquiles, recebera de Dioniso. As ninfas referem-se às musas. Befiro é o nome do rio próximo ao Olimpo, e Leibetres e Pímpleia são montanhas da mesma região.

[44] Numa caracterização bastante negativa de Aquiles ("necromercador"), Alexandra apresenta-o como uma mulher que, para evitar a guerra, dedica-se à tecelagem. Registra ainda que teria sido o último herói do contingente grego a pisar em Troia.

ὦ δαῖμον, οἷον κίον' αἰστώσεις δόμων,
ἔρεισμα πάτρας δυστυχοῦς ὑποσπάσας·
οὐ μὴν ἀνατεί γ' οὐδ' ἄνευ μόχθων πικρῶν
πένθους θ' ὁ ληστὴς Δωριεὺς γελᾷ στρατός,
ἐπεγκαχάζων τοῦ δεδουπότος μόρῳ, 285
ἀλλ' ἀμφὶ πρύμναις τὴν πανυστάτην δραμὼν
πεύκαις βίου βαλβῖδα συμφλεχθήσεται,
καλῶν ἐπ' εὐχαῖς πλεῖστα Φύξιον Δία
πορθουμένοισι κῆρας ἀρκέσαι πικράς.
τότ' οὔτε τάφρος, οὔτε ναυλόχων σταθμῶν 290
πρόβλημα καὶ σταυροῖσι κορσωτὴ πτέρυξ,
οὐ γεῖσα χραισμήσουσιν, οὐδ' ἐπάλξιες·
ἀλλ' ὡς μέλισσαι συμπεφυρμένοι καπνῷ
καὶ λιγνύος ῥιπαῖσι καὶ γρυνῶν βολαῖς
ἄφλαστα καὶ κόρυμβα καὶ κλῃδῶν θρόνους 295
πυκνοὶ κυβιστητῆρες ἐξ ἑδωλίων
πηδῶντες αἱμάξουσιν ὀθνείαν κόνιν.
πολλοὺς δ' ἀριστεῖς πρωτόλειά θ' Ἑλλάδος
αἰχμῇ φέροντας καὶ σποραῖς ὠγκωμένους,
αἱ σαὶ καταξανοῦσιν ὄβριμοι χέρες, 300
φόνῳ βλύουσαι κἀπιμαιμῶσαι μάχης.
ἐγὼ δὲ πένθος οὐχὶ μεῖον οἴσομαι,
τὰς σὰς στένουσα καὶ δι' αἰῶνος ταφάς.
οἰκτρὸν γάρ, οἰκτρὸν κεῖν' ἐπόψομαι φάος
καὶ πημάτων ὕψιστον, ὧν κράντης χρόνος, 305
μήνης ἑλίσσων κύκλον, αὐδηθήσεται.

Ó demo, qual pilastra abaterás do paço,
o esteio subtraindo ao rincão sem sorte!
Não passará impune e sem tormentos árduos
e luto o riso do tropel rapace dório
exulticasquinante à moira de um caído,
mas na corrida à popa, derradeiro marco
da vida, entre pinhos, arderá compacto
ao invocar a proteção de Zeus, uníssono:
afaste acerbas Ceres dos assediados![45]
Nem fosso, nem obstáculo das radas, nem
barreira, asa híspida da paliçada,
nem contraforte ajudará, tampouco ameias,
mas como abelhas aturdidas pelo fumo
e cuspe da fuligem, gralhas em disparo,
no aplustre, proa, nas bancadas dos toletes,
os saltadores já não mais nas pontes, juntos,
envermelhecerão a poeira estrangeira.
A heróis, inúmeros da Grécia, cuja lança
garante-lhes butim primaz, estirpe altiva,
teu braço forte escorchará, sanguipingante
no anseio da querela.[46] Não será menor
meu sofrimento ao lamentar sobre teu túmulo
enquanto me for dada a vida. Aziago, aziago
é o lume que haverei de ver e o sofrimento
extremo, de que o tempo, no regiro da órbita
lunar, será denominado executor.

---

[45] Com "exulticasquinante", procurei replicar o composto onoma-
topeico cunhado por Lícofron: *epenkakházdo*. O escárnio diante do cadáver de Heitor custará caro aos gregos.

[46] Após mencionar os sofrimentos que os gregos padecerão, Alexandra acentua o heroísmo de Heitor e lamenta sua morte.

αἰαῖ, στενάζω καὶ σὸν εὔγλαγον θάλος,
ὦ σκύμνε, τερπνὸν ἀγκάλισμα συγγόνων,
ὅς τ᾽ ἄγριον δράκοντα πυρφόρῳ βαλὼν
ἴυγγι τόξων, τὸν τυπέντα δ᾽ ἐν βρόχοις   310
μάρψας ἀφύκτοις βαιὸν ἀστεργῆ χρόνον,
πρὸς τοῦ δαμέντος αὐτὸς οὐ τετρωμένος,
καρατομηθεὶς τύμβον αἱμάξεις πατρός.
οἴμοι δυσαίων, καὶ διπλᾶς ἀηδόνας
καὶ σόν, τάλαινα, πότμον αἰάζω, σκύλαξ.   315
ὧν τὴν μὲν αὐτόπρεμνον ἡ τοκὰς κόνις
χανοῦσα κευθμῷ χείσεται διασφάγος,
λεύσσουσαν ἄτην ἀγχίπουν στεναγμάτων,
ἵν᾽ ἄλμα πάππου καὶ χαμευνάδος μόροι
τῆς λαθρονύμφου πόρτιος μεμιγμένοι   320
σκύμνῳ κέχυνται, πρὶν λαφύξασθαι γάνος,
πρὶν ἐκ λοχείας γυῖα χυτλῶσαι δρόσῳ·
σὲ δ᾽ ὠμὰ πρὸς νυμφεῖα καὶ γαμηλίους
ἄξει θυηλὰς στυγνὸς Ἴφιδος λέων,
μητρὸς κελαινῆς χέρνιβας μιμούμενος,   325
ἣν εἰς βαθεῖαν λαιμίσας ποιμανδρίαν
στεφηφόρον βοῦν δεινὸς ἄρταμος δράκων
ῥαίσει τριπάτρῳ φασγάνῳ Κανδάονος,

Choro também por ti, ó flor belibrancor,
menino, cujo abraço apraz aos teus. Com dardos
ardentes de amavio atingirás o drago
feroz retido no redil inextricável.
Colhido momentaneamente nesse vínculo,
tu mesmo não ferido pelo ser prostrado,
sangrarás, degolado, a ara de teu pai.[47]
Ai de mim! Choro os rouxinóis também, os dois,
a tua sina acídula, ó cadela, idem.[48]
A uma delas, pela raiz, o pó materno
escancarado em fossa absconsa tragará,
enquanto vê a ruína rentipés dos gritos
onde a floresta avoenga e a moira da dormente
novilha de esponsal esconso, misturada
à do filhote, alastra-se, sem ter sorvido
o leite, antes de os membros imergirem na água.[49]
Ao himeneu cruel, ao sacrisseviciado
liame, o leão estígio ifídio te guiará,
mimético nas lustrações da mãe sombria:
depois que te degole numa tina funda,
tal qual a vaca enguirlandada, o drago atro,
com sabre triavoengo de Candáon, retalha-te,

---

[47] O menino em questão é o jovem Troilo, filho mais novo de Príamo. Dizia a lenda que, se chegasse à idade adulta, Troia jamais seria destruída. Aquiles ("drago feroz") procura matá-lo no início da guerra, mas acaba se apaixonando por ele. Resistindo ao assédio do guerreiro, Troilo é trucidado junto ao altar de Apolo, de quem seria, de fato, filho.

[48] Os rouxinóis são as irmãs de Alexandra, Laódice e Polixena. Em seguida Alexandra se dirige a Hécuba, que após a queda de Troia foi levada como escrava, sendo depois transformada por Hécate numa cadela.

[49] Laódice é engolida pela terra no mesmo local em que estão enterrados a princesa troiana Cila ("novilha") com seu filho recém-nascido, Munipo.

λύκοις τὸ πρωτόσφακτον ὅρκιον σχάσας.
σὲ δ' ἀμφὶ κοίλην αἰχμάλωτον ἠόνα 330
πρέσβυν Δολόγκων δημόλευστον ὠλένῃ
ἐπεσβόλοις ἀραῖσιν ἠρεθισμένῃ
κρύψει κύπασσις χερμάδων ἐπομβρίᾳ,
Μαίρας ὅταν φαιουρὸν ἀλλάξῃς δομήν.
ὁ δ' ἀμφὶ τύμβῳ τἀγαμέμνονος δαμεὶς 335
κρηπῖδα πήγῳ νέρθε καλλυνεῖ πλόκῳ,
ὁ πρὸς καλύπτρης τῆς ὁμαίμονος τάλας
ὠνητὸς αἰθαλωτὸν εἰς πάτραν μολών,
τὸ πρὶν δ' ἀμυδρὸν οὔνομ' αἰστώσας σκότῳ,
ὅταν χέλυδρος πυρσὸν ὠμόθριξ βαρὺν 340
ἀπεμπολητὴς τῆς φυταλμίας χθονὸς
φλέξας τὸν ὠδίνοντα μορμωτὸν λόχον
ἀναψαλάξῃ γαστρὸς ἑλκύσας ζυγά,
τῆς Σισυφείας δ' ἀγκύλης λαμπουρίδος
λάμψῃ κακὸν φρύκτωρον αὐτανέψιος 345
τοῖς εἰς στενὴν Λεύκοφρυν ἐκπεπλωκόσι

juramentando aos lobos na protodegola.[50]
E em ti, no cincum-oco litoral dos dóloncos,
senil, ferrissujeita, a plebe arroja bólidos
por teus anátemas. E, como o temporal,
a túnica de pedra te recobrirá,
transmudada em Maíra com a cauda bruna.[51]
Meu pai, domado rente à tumba agamemnônica,
adornará com trança gris o pedestal,
alguém antes trocado pelo véu da irmã
em seu retorno à pátria em cinzas, quer que o próprio
nome anterior e ignoto suma pela sombra,[52]
quando, mercadejando seu país nutriz,
a serpe, cresta hirsuta, faça arder a tocha
parturiando a grávida emboscada horrível,
do ventre desatando o liame, e quando o próprio
primo da sísifa raposa tortuosa
caudibrilhante alumie a chama hostil
aos arribados ao estreito de Leucófris

---

[50] Os versos tratam da morte de Polixena ("vaca enguirlandada"), que será degolada na tumba de Aquiles por Neoptólemo ("leão estígio ifídio"), filho de Ifigênia, daí a menção ao sacrifício de sua mãe. O punhal usado por Neoptólemo ("drago atro"), forjado por Hefesto (Candáon), passou por três gerações até chegar às suas mãos (cf. Píndaro, *Nemeia*, 4, 95). Os lobos aludem aos chefes gregos.

[51] Na sequência, Alexandra refere-se a Hécuba, que foi lapidada pelos dóloncos, por ter perfurado os olhos de Polimestor, assassino de seu filho Polidoro. Maíra é o nome da cadela em que Hécuba foi transformada por Hécate.

[52] Alexandra, depois de discorrer sobre a morte da mãe, centra-se no desaparecimento do pai. Podarce foi o único filho de Laomedonte a se salvar, depois que Héracles arrasa Troia. Vendido como escravo, sua irmã Hesíone o resgata, trocando-o por um véu, razão pela qual passa a ser denominado Príamo ("comprado"). Neoptólemo o mata sobre a tumba de Zeus Herceios, conhecido como Zeus Agamêmnon em Esparta.

καὶ παιδοβρῶτος Πορκέως νήσους διπλᾶς.
ἐγὼ δὲ τλήμων ἡ γάμους ἀρνουμένη,
ἐν παρθενῶνος λαΐνου τυκίσμασιν
ἄνις τεράμνων εἰς ἀνώροφον στέγην   350
εἱρκτῆς ἁλιβδύσασα λυγαίας δέμας,
ἡ τὸν Θοραῖον Πτῷον Ὠρίτην θεὸν
λίπτοντ᾽ ἀλέκτρων ἐκβαλοῦσα δεμνίων,
ὡς δὴ κορείαν ἄφθιτον πεπαμένη
πρὸς γῆρας ἄκρον, Παλλάδος ζηλώμασι   355
τῆς μισονύμφου Λαφρίας Πυλάτιδος,
τῆμος βιαίως φάσσα πρὸς τόργου λέχος
γαμψαῖσιν ἅρπαις οἰνὰς ἑλκυσθήσομαι,
ἡ πολλὰ δὴ Βούδειαν Αἴθυιαν Κόρην
ἀρωγὸν αὐδάξασα τάρροθον γάμων.   360
ἡ δ᾽ εἰς τέραμνα δουρατογλύφου στέγης
γλήνας ἄνω στρέψασα χώσεται στρατῷ,
ἐξ οὐρανοῦ πεσοῦσα καὶ θρόνων Διός,
ἄνακτι πάππῳ χρῆμα τιμαλφέστατον.

e às duas ilhas do puerívoro Porceu.[53]
E eu, desventurada, refratária às bodas,
entre os estuques de uma fêmeocela pétrea,
sem cumeeira, numa estância a céu aberto
da célula sombria imergi meu corpo,
eu que apartei do leito o deus que me queria,
Regulador-das-Horas, Seminal de Ptoo,
para manter-me intacta até a velhice extrema,
êmula da Guardiã-das-Portas, Láfria Palas,
misógama.[54] Frenética paloma, o bico
adunco do falcão me arrastará ao leito
do abutre violentamente, a mim, que outrora
solicitei frequentemente ajuda à virgem
sempiterna, à Gaivota, Vígil-das-Novilhas.
Desviará as pupilas para a cumeeira
lenhilavrada, enfurecida com as hostes
ao descender do céu urânio e trono olímpico,
o bem magniprecioso ao meu ancestre Ilos.[55]

---

[53] Do passado de Troia, Alexandra volta-se para o futuro da cidade: o traidor Antenor ("serpe"), cunhado de Príamo, "fará o parto" do cavalo de madeira, de onde os aqueus sairão. Sísifo identifica Odisseu. O primo de Odisseu ("sísifa raposa"), Sínon, auxiliará os gregos com um sinal de tocha desde Tênedos (Leucófris). As duas ilhas são as Cálidnas, situadas diante de Troia, de onde teriam saído duas serpentes (Porceu e Cariboe), assassinas de Laocoonte e de seus filhos, quando este pretendeu alertar os troianos para o risco de introduzir o cavalo na cidade.

[54] Alexandra antevê o assédio que sofrerá da parte de Ájax lócrio. A personagem recorda o episódio em que recusa Apolo ("Regulador-das--Horas", "Seminal de Ptoo"), razão pela qual não persuade os ouvintes de suas previsões. "Guardiã-das-Portas" e "Láfria Palas" são epítetos de Atena.

[55] Alexandra ("paloma") é violada por Ájax ("abutre") junto ao altar de Atena. O Paládio era a estátua de Atena que caiu do céu durante a fundação de Troia, acolhida por um antepassado de Alexandra, Ilos.

ἑνὸς δὲ λώβης ἀντί, μυρίων τέκνων 365
Ἑλλὰς στενάξει πᾶσα τοὺς κενοὺς τάφους,
οὐκ ὀστοθήκαις, χοιράδων δ' ἐφημένους,
οὐδ' ὑστάτην κεύθοντας ἐκ πυρὸς τέφρην
κρωσσοῖσι ταρχυθεῖσαν, ἢ θέμις φθιτῶν,
ἀλλ' οὔνομ' οἰκτρὸν καὶ κενηρίων γραφὰς 370
θερμοῖς τεκόντων δακρύοις λελουμένας
παίδων τε καὶ θρήνοισι τοῖς ὀμευνίδων.
Ὀφέλτα καὶ μύχουρε χοιράδων Ζάραξ
σπίλοι τε καὶ Τρυχάντα καὶ τραχὺς Νέδων
καὶ πάντα Διρφωσσοῖο καὶ Διακρίων 375
γωλειὰ καὶ Φόρκυνος οἰκητήριον,
ὅσων στεναγμῶν ἐκβεβρασμένων νεκρῶν
σὺν ἡμιθραύστοις ἰκρίοις ἀκούσετε,
ὅσων δὲ φλοίσβων ῥαχίας ἀνεκβάτου
δίναις παλιρροίοισιν ἕλκοντος σάλου, 380
ὅσων δὲ θύννων ἠλοκισμένων ῥαφὰς
πρὸς τηγάνοισι κρατός, ὧν καταιβάτης
σκηπτὸς κατ' ὄρφνην γεύσεται δῃουμένων,
ὅταν καρηβαρεῦντας ἐκ μέθης ἄγων
λαμπτῆρα φαίνῃ τὸν ποδηγέτην σκότου 385
σίντης, ἀγρύπνῳ προσκαθήμενος τέχνῃ.

O ultraje, um só o comete e chora toda a Hélade
sobre o vazio das tumbas de incontáveis filhos,
dispostas nos abrolhos sem ossários, sem
guardar da pira fúnebre a cinza última
no arômata das urnas como é lei dos homens,
mas tristes denominações em cenotáfios
banhados pelo pranto cálido dos pais,
dos filhos, das esposas em carpidos trenos.[56]
Ofelte e Zárax, sentinela dos penhascos,
recifes em Tricante e Nédon anfractuoso
e todas as cavernas de Dirfosso e Diacre
e a habitação de Forco, quantos não serão
os prantos de morrentes que ouvireis jacentes
entre as bordagens semidestruídas, quantos?[57]
Quantas inabordáveis rochas de rumores
no refluxo dos vórtices do maremoto?
Quantos atuns na frigideira retalhados
rente às suturas de seus crânios, que o relâmpago
descendo ao breu saboreará despedaçados,
quando, cabeça entorpecida pela ebriez,
acenderá sua tocha como um guia à sombra
o predador, zeloso de sua arte insone?[58]

---

[56] Os gregos serão punidos por Atena, e serão lamentados em cenotáfios vazios, em que constarão apenas seus nomes, banhados pelas lágrimas dos parentes.

[57] As montanhas da Eubeia, como Ofelte, Zárax, Tricante, Nédon, Dirfosso e Diacre, ouvirão o lamento dos gregos (Forco, pai de Cila, é um deus marinho que habitava a região).

[58] Náuplios, rei da Eubeia, prejudica os gregos, assassinos de seu filho Palamedes, de diversos modos, como, por exemplo, iluminando uma região de escolhos como se fosse um porto. A referência aos atuns é provável alusão a uma passagem de Os Persas (verso 424), em que Ésquilo compara a atuns os inimigos atacados pelos helenos.

τὸν δ' οἷα δύπτην κηρύλον διὰ στενοῦ
αὐλῶνος οἴσει κῦμα γυμνήτην φάγρον,
διπλῶν μεταξὺ χοιράδων σαρούμενον.
Γυραῖσι δ' ἐν πέτραισι τερσαίνων πτερὰ   390
στάζοντα πόντου, δευτέραν ἄλμην σπάσει,
βληθεὶς ἀπ' ὄχθων τῷ τριωνύχῳ δορί,
ᾧ νιν κολαστὴς δεινὸς οὐτάσας λατρεὺς
ἀναγκάσει φάλλαισι κοινωνεῖν δρόμου
κόκκυγα κομπάζοντα μαψαύρας στόβους.   395
ψυχρὸν δ' ἐπ' ἀκταῖς ἐκβεβρασμένον νέκυν
δελφῖνος ἀκτὶς Σειρία καθαυανεῖ.
τάριχον ἐν μνίοις δὲ καὶ βρύοις σαπρὸν
κρύψει κατοικτίσασα Νησαίας κάσις,
δίσκου μεγίστου τάρροθος Κυναιθέως.   400
τύμβος δὲ γείτων ὄρτυγος πετρουμένης
τρέμων φυλάξει ῥόχθον Αἰγαίας ἁλός.
τὴν Καστνίαν δὲ καὶ Μελιναίαν θεὸν
λυπρὸς παρ' Ἅιδην δεννάσει κακορροθῶν,
ἥ μιν παλεύσει δυσλύτοις οἴστρου βρόχοις,   405
ἔρωτας οὐκ ἔρωτας, ἀλλ' Ἐρινύων
πικρὰν ἀποψήλασα κηρουλκὸν πάγην.

Feito uma alcíone mergulhante, pelo angusto
canal a onda o levará, um pargo nu
azafamado em meio de arrecifes duplos.
Tão logo as asas sequem no rochedo Gírea
pesadas d'água, o salso mar de novo o sorve,
arremessado da falésia por tridente
com que o terrível mercenário o obrigará
a ladear baleias por sendeiros, cuco
deblaterando o vento inútil da jactância.
Sírio ressecará o cadáver do delfim
gelado à orla onde fora refugado.[59]
A irmã de Nésea condoída encobrirá,
entre alga e musgo, o salmourado putrefato:
salvara o mega Disco cineteu. A tumba
nas imediações da pétrea codorniz
vigiará tremendo o mar Egeu mugente.[60]
No Hades, duriparolador, injuriará
a deusa de Melina e Cástnio por havê-lo
fisgado em nós inextricáveis do desejo
com amor desamor. Ao amargor da trampa
da Erínia fúnebressorvente o arrojará.[61]

---

[59] Lícofron adota a versão homérica do desastre de Ájax (*Odisseia*,
IV, 499-511). A tempestade lança o navio de Ájax lócrio contra o rochedo Gírea. Salvo por Posêidon ("mercenário"), Ájax arroga-se autor da
proeza, e o deus o arremessa de volta às rochas. Sírio é a constelação da
canícula. Como um delfim, o cadáver de Ájax é calcinado pelos raios de
Sírio.

[60] Tétis, a irmã de Nésea, protege o cadáver de Ájax lócrio, assim
como havia salvado Zeus ("Disco cineteu"). Ortígia ("pétrea codorniz")
é o antigo nome de Delos. Seu nome vem do mito de Astéria, que se lança ao mar na forma de uma codorna para escapar a Zeus. O deus então a
transforma em uma ilha.

[61] No Hades, Ájax lócrio maldiz Afrodite ("deusa de Melina e Cást-

ἅπασα δ' ἄλγη δέξεται κωκυμάτων,
ὅσην Ἄρατθος ἐντὸς ἠδὲ δύσβατοι
Λειβήθριαι σφίγγουσι Δωτίου πύλαι,   410
οἷς οὑμὸς ἔσται κἀχερουσίαν πάρα
ῥηγμῖνα δαρὸν ἐστεναγμένος γάμος.
πολλῶν γὰρ ἐν σπλάγχνοισι τυμβευθήσεται
βρωθεὶς πολυστοίχοισι καμπέων γνάθοις
νήριθμος ἑσμός· οἱ δ' ἐπὶ ξένης ξένοι,   415
παῶν ἔρημοι δεξιώσονται τάφους.
τὸν μὲν γὰρ Ἠιὼν Στρυμόνος Βισαλτία,
Ἀψυνθίων ἄγχουρος ἠδὲ Βιστόνων,
κουροτρόφον πάγουρον Ἠδωνῶν πέλας
κρύψει, πρὶν ἢ Τυμφρηστὸν αὐγάσαι λέπας,   420
τὸν πατρὶ πλεῖστον ἐστυγημένον βροτῶν,
ὅμηρον ὅς μιν θῆκε τετρήνας λύχνους,
ὅτ' εἰς νόθον τρήρωνος ἠυνάσθη λέχος.
Τρισσοὺς δὲ ταρχύσουσι Κερκάφου νάπαι
Ἄλεντος οὐκ ἄπωθε καύηκας ποτῶν·   425
τὸν μέν, Μολοσσοῦ Κυπέως Κοίτου κύκνον,
συὸς παραπλαγχθέντα θηλείας τόκων,

E as dores pranteadas a comarca toda
que o Areto cinge, haverá de recebê-las
e a que os portais instransponíveis leibetrianos
do Dótio fecham.[62] Lá, e às margens aquerônticas,
lamentam-se-me as núpcias delongamente.
Encontrará sepulcro em múltiplas entranhas
que a pluridentição de tubarões tritura,
o enxame múltiplo. Outros, sem os seus, estranhos
em terra estranha saudarão a própria tumba.[63]
Eiôn, bisáltia cidadela estrimiana,
limítrofe de apsíntios e bistones, perto
de Edones, há de sepultar o caranguejo
preceptor, antes que divise a rocha Tínfresto.
A mais ninguém no mundo o pai odiou assim,
e o encegueceu com furo nas pupilas, quando
entrou no adulterino leito da columba.[64]
E os vales do Cercafo inumarão as três
gaivotas, próximo das correntezas do Ales;[65]
um deles, cisne de Molossos, Coito cípeo,
errou o número de crias de uma porca,

---

nio"), por tê-lo impelido a violar Alexandra. As Erínias personificam a vingança.

[62] Areto é um rio do Épiro; Leibetro, uma região próxima ao Olimpo; Dótio, uma cidade da Tessália.

[63] Os mortos gregos se dividirão em dois grupos: os náufragos, pasto de animais marinhos, e os falecidos em terras estrangeiras. A partir deste trecho, Lícofron detém-se nas desventuras de cada um dos gregos.

[64] Fênix ("caranguejo", por causa de sua pele enrugada), preceptor de Aquiles, fora cegado pelo pai, Amíntor, por ter seduzido sua concubina, Clítia. Antes de chegar à terra natal, o monte Tínfresto na Tessália, morre em Eiôn, na Trácia, onde é enterrado.

[65] As três gaivotas são Calcas, Idomeneu e Estênelo.

ὅτ᾽ εἰς ὀλύνθων δῆριν ἑλκύσας σοφὴν
τὸν ἀνθάμιλλον αὐτὸς ἐκ μαντευμάτων
σφαλεὶς ἰαύσει τὸν μεμορμένον πότμον· 430
τὸν δ᾽ αὖ τέταρτον ἐγγόνων Ἐρεχθέως,
αἴθωνος αὐτάδελφον ἐν πλασταῖς γραφαῖς·
τρίτον δέ, τοῦ μόσσυνας Ἐκτήνων ποτὲ
στερρᾷ δικέλλῃ βουσκαφήσαντος γόνον,
ὃν Γογγυλάτης εἷλε Βουλαῖος Μυλεύς, 435
ἀγηλάτῳ μάστιγι συνθραύσας κάρα,
ἦμος ξυναίμους πατρὸς αἱ Νυκτὸς κόραι
πρὸς αὐτοφόντην στρῆνον ὥπλισαν μόρου.
δοιοὶ δὲ ῥείθρων Πυράμου πρὸς ἐκβολαῖς
αὐτοκτόνοις σφαγαῖσι Δηραίνου κύνες 440
δμηθέντες αἰχμάσουσι λοισθίαν βοὴν
πύργων ὑπὸ πτέρναισι Παμφύλου κόρης.
αἰπὺς δ᾽ ἁλιβρὼς ὄχμος ἐν μεταιχμίῳ
Μάγαρσος ἁγνῶν ἠρίων σταθήσεται,
ὡς μὴ βλέπωσι, μηδὲ νερτέρων ἕδρας 445
δύντες, φόνῳ λουσθέντας ἀλλήλων τάφους.

quando envolveu o antagonista na disputa
sutil de figos verdes. Confirmou-se o oráculo:
vencido, dormirá a sina assinalada.[66]
O outro, quarta descendência de Erecteu
e irmão de Etôn, conforme as escrituras falsas.[67]
O derradeiro é filho de quem socavou
a paliçada dos ectenos com forcado.
O Conselheiro Lança-Raio Ás-da-Mó
feriu seu crânio com o relho piacular,
quando as filhas da Noite armaram os irmãos
do pai com avidez do assassinato mútuo.[68]
Dois perros de Derenos, junto à embocadura
das correntes do Píramo, que mútuos golpes
fatais vitimam, flecham o último clamor
no calcanhar das torres da filha de Pânfilos.
Fortim abrupto salsocorroído ergue-se
um dia entre túmulos sagrados, Mágarsa,
a fim de que não vejam, mesmo após mergulho
nos ínferos, recíprocos sepulcros rubros.[69]

---

[66] Calcas ("cisne de Molossos", "Coito cípeo"), adivinho de Apolo, morre ao se defrontar com Mopsos, capaz de proferir com exatidão a quantidade de figos em uma árvore — ao contrário dele, que não obtém êxito ao quantificar as crias de uma porca.

[67] Idomeneu é filho de Deucalião e neto de Minos, descendente de Zeus ("Erecteu"). Na *Odisseia* (XIX, 181-4), Odisseu refere-se a ele como irmão de Etôn.

[68] O terceiro é Estênelo, filho de Capaneu, um dos epígonos, morto por Zeus ("Conselheiro Lança-raio Ás-da-mó"), que o pune por propagar que a tomada de Tebas fora um feito seu, e não do deus. Polinices e Etéocles são os "irmãos do pai" (filhos de Édipo com Jocasta), mortos pelas Erínias ("filhas da Noite").

[69] Os "perros de Derenos" (epíteto de Apolo) são os irmãos adivinhos Anfíloco e Mopsos. Os dois matam um ao outro num duelo nas cer-

οἱ πέντε δὲ Σφήκειαν εἰς Κεραστίαν
καὶ Σάτραχον βλώξαντες Ὑλάτου τε γῆν
Μορφὼ παροικήσουσι τὴν Ζηρυνθίαν.
Ὁ μὲν πατρὸς μομφαῖσιν ἠλαστρημένος 450
Κυχρεῖος ἄντρων Βωκάρου τε ναμάτων,
οὑμὸς ξύναιμος, ὡς ὁπατρίου φονεὺς
πώλου, νόθον φίτυμα, συγγενῶν βλάβη,
τοῦ λύσσαν ἐν ποίμναισιν αἰχμητηρίαν
χέαντος, ὃν χάρωνος ὠμηστοῦ δορὰ 455
χαλκῷ τορητὸν οὐκ ἔτευξεν ἐν μάχῃ,
μίαν πρὸς Ἅιδην καὶ φθιτοὺς πεπαμένον
κέλευθον, ἣν γωρυτὸς ἔκρυψε Σκύθης,
ἦμος καταίθων θύσλα Κωμύρῳ λέων
σφῷ πατρὶ λάσκε τὰς ἐπηκόους λιτάς, 460
σκύμνον παρ᾽ ἀγκάλαισιν ἄϊτα βράσας.
οὐ γάρ τι πείσει φῖτυν, ὡς ὁ Λήμνιος
πρηστὴρ Ἐνυοῦς, οὔποτ᾽ εἰς φύζαν τραπεὶς
ταῦρος βαρύφρων, δυσμενεστάτου ξένων

70

E os cinco, já na ínsula Cornuda Vespa
à beira Sátraco, na terra do deus Hílato,
morarão junto à Forma, nume da Zeríntia:[70]
um, refugado pelo pai que o reprochava,
das grutas do Cicreu, das ondas do Bocaro,
um consanguíneo meu, espúria floração,
letal ao potro unipátrio,[71] tal e qual,
que verteu seu rancor armado contra a grei,
alguém que o couro de um leão invulnerou
ao bronze na batalha e que de senda única
detém até os defuntos, no roteiro do Hades,
rota que a aljava cita encobriu, assim
que o leão, queimando a sacridádiva a Comiro,
gritou ao próprio pai as preces atendidas
ao embalar nos braços o filhote de águia.[72]
Mas não convencerá sua foz de que o ciclone
lêmnio de Ênio, jamais afeiçoado à fuga,
touro profundopensativo golpeou

---

canias de Mágarsa, cidade que toma o nome da filha de Pânfilos. As duas
tumbas estão separadas pelo promontório de Mágarsa.

[70] Os cinco heróis gregos que chegam ao Chipre são Teucro, Agapénor, Acamas, Praxandros e Cefeu. A ilha é designada por seus dois epítetos: "Cornuda" (alusão a suas montanhas) e "Vespa" (com base na denominação de seus antigos habitantes: *sphécios*). "Deus Hílato" refere-se a
Apolo. "Forma" é epíteto de Afrodite (*Morfó*, decorrente de sua beleza).

[71] O objeto da passagem é Teucro, primo de Alexandra e filho de Telamôn, que o expulsa de Salamina acusando-o pela morte de seu meio-irmão, Ájax telamônio ("potro unipátrio"). Cicreu é um rei mítico de Salamina; Bocaro, um rio local.

[72] Ájax telamônio perde a razão e dizima um rebanho, tomando-o
por soldados inimigos (tema central do *Ájax* de Sófocles). O herói ("filhote de águia") teve seu corpo recoberto por Héracles com a pele do leão de
Nemeia. Héracles ("leão") roga a Zeus ("Comiro") que torne seu corpo
invulnerável, o que tem efeito exceto na região em que leva a aljava.

ἔτυψε δώρῳ σπλάγχνον, ἀρνεύσας λυγρὸν   465
πήδημα πρὸς κνώδοντος αὐτουργοὺς σφαγάς.
ἐλᾷ δὲ πάτρας τῆλε Τραμβήλου κάσιν,
ὃν ἡ ξύναιμος πατρὸς ἐκλοχεύεται,
δοθεῖσα πρωταίχμεια τῷ πυργοσκάφῳ.
ἣν δή ποτ', ἐν ῥήτραισι δημοτῶν σταθείς,   470
γλαυκῷ κελαινὸν δόρπον ὤτρυνεν κυνὶ
στεῖλαι τριπλᾶς θύγατρας ὁ σπείρας βάβαξ,
τῷ πᾶσαν ἅλμῃ πηλοποιοῦντι χθόνα,
ὅταν κλύδωνας ἐξερεύγηται γνάθων,
λάβρῳ σαλεύων πᾶν τρικυμίᾳ πέδον.   475
ὁ δ' ἀντὶ πιποῦς σκορπίον λαιμῷ σπάσας
Φόρκῳ κακῆς ὠδῖνος ἔκλαυσεν βάρος,
χρήζων πυθέσθαι πημάτων ξυμβουλίαν.
Ὁ δεύτερος δὲ νῆσον ἀγρότης μολών,
χερσαῖος αὐτόδαιτος ἐγγόνων δρυὸς   480
λυκαινομόρφων Νυκτίμου κρεανόμων,
τῶν πρόσθε μήνης φηγίνων πύρνων ὀχὴν
σπληδῷ κατ' ἄκρον χεῖμα θαλψάντων πυρός,
χαλκωρυχήσει καὶ τὸν ἐκ βόθρου σπάσει
βῶλον, δικέλλῃ πᾶν μεταλλεύων γνύθος.   485

a entranha com o dom do mais odiado hóspede,
autoinfligindo-se a imolação no gládio.
Arrojará de seu país o irmão de Trâmbelo,
que minha tia deu à luz, protobutim,
doada ao turrialgoz.[73] Um dia, em plena arenga
dos cidadãos, o páter gárrulo das três
mulheres levantou-se. Quis que a enviassem,
num festim todo-negro, ao perro verde glauco,
que a terra enlodava inteira com salsugem
ao vomitar das fauces ondas, fustigando
com triplo vagalhão toda extensão do solo.
Mas sua gorja engole o escorpião e não
o pica-pau. A Forco lamentou o parto
atroz, atrás do que lhe propiciasse alívio.[74]
Um camponês continental foi o segundo
a ir à ilha. Autonutrido, descendente
do roble, licomorfo em paga de engolir
Nictimo. Gente pré-lunar assava o pão
de glande em cinza quente, no inverno frígido.
Escavabronze, de uma cova extrairá
lingote, revolvendo a fossa com enxada.[75]

---

[73] Teucro, ao voltar de Troia, não consegue convencer seu pai de que
Ájax telamônio ("ciclone lêmnio de Ênio") se matara com a arma dada
por Heitor (o "mais odiado hóspede"). Trâmbelo é meio-irmão de Teucro
e de Ájax, filho de Telamôn com a troiana Teanira. "Minha tia" refere-se
a Hesíone, filha de Laomedonte, mãe de Teucro e irmã de Príamo.

[74] A passagem refere-se ao sacrifício de Hesíone. Fenodamante convence a população de Troia a sacrificá-la, no lugar de suas filhas, a um
monstro ("perro verde glauco") enviado por Posêidon. Em lugar de Hesíone ("pica-pau"), Héracles ("escorpião") se deixa engolir, a fim de matar
a fera (cf. versos 32-8).

[75] O segundo herói a chegar ao Chipre é Agapénor, "descendente do
roble", epíteto que retoma um antigo mito árcade: Arcas salva a ninfa Cri-

οὗ φῖτυν ἠνάριξεν Οἰταῖος στόνυξ,
βουβῶνος ἐν τόρμαισι θρυλίξας δέμας.
ἔγνω δ' ὁ τλήμων σὺν κακῷ μαθὼν ἔπος,
ὡς πολλὰ χείλευς καὶ δεπαστραίων ποτῶν
μέσῳ κυλίνδει μοῖρα παμμήστωρ βροτῶν.   490
ὁ δ' αὐτὸς ἀργῷ πᾶς φαληριῶν λύθρῳ,
στόρθυγξ δεδουπὼς τὸν κτανόντ' ἠμύνατο,
πλήξας ἀφύκτως ἄκρον ὀρχηστοῦ σφυρόν.
τρίτος δὲ τοῦ μάρψαντος ἐκ κοίλης πέτρας
κέλωρ γίγαντος ὅπλα, τοῦ ποτ' εἰς λέχος   495
λαθραῖον αὐτόκλητος Ἰδαία πόρις
ἡ ζῶσ' ἐς Ἅιδην ἵξεται καταιβάτις,
θρήνοισιν ἐκτακεῖσα, Μουνίτου τοκάς·
ὃν δή ποτ' ἀγρώσσοντα Κρηστώνης ἔχις
κτενεῖ, πατάξας πτέρναν ἀγρίῳ βέλει,   500
ὅταν τεκόντος αἰχμάλωτος εἰς χέρας
ἡ πατρομήτωρ τὸν δνόφῳ τεθραμμένον
βάλῃ νεογνὸν σκύμνον. ᾗ μόνῃ ζυγὸν
δούλειον ἀμφήρεισαν Ἀκταίων λύκοι

No Eta, o colmilho eliminara o pai, ferindo-lhe
o corpo na juntura da virilha. O triste
conhecerá o sentido de um bordão antigo:
'Entre os lábios e o líquido da copa, a moira
plenimentora ao homem tudo precipita.'
Pan-rútilo, o colmilho de brancor espúmeo,
tombando embora, castigava seu algoz,
ferindo, exato, o calcanhar do dançarino.[76]
O terceiro descende do extrator das armas
do gigante de sob o côncavo rochedo.[77]
A novilha do Ida convidar-se-á
ao leito dele um dia. Viva descerá
ao Hades, pranteando muito, mãe de Múnito:
a víbora de Créston há de assassiná-lo
na caça. O dardo acre atinge o calcanhar,
tão logo, prisioneira, entre as mãos do pai
a avó arroje o neoleão no breu nutrido.[78]
Os lobos dos Acteus impõem o jugo escravo
somente a ela, a fim de compensar a mênade

---

sopeleia e a árvore em que habitava. A ninfa casa-se com ele e seus filhos
povoam a Arcádia. "Licomorfo" se refere aos descendentes ("gente pré-
-lunar") de Licáon, primeiro rei da Arcádia, transformados em lobos por
Zeus como punição por terem lhe oferecido a carne de Nictimo, filho de
Licáon, em um banquete. Depois da guerra, Agapénor instala-se no Chipre, onde se dedica à extração de bronze.

[76] O pai de Agapénor, Anceu, um dos Argonautas, foi morto pelo javali de Cálidon na Etólia.

[77] O terceiro guerreiro é Acamas, filho de Teseu, que foi reconheci-
do pelo pai, Egeu, ao encontrar as armas que o último escondera sob os
rochedos.

[78] Antes da guerra de Troia, Acamas mantém relação com a filha de
Príamo, Laódice ("novilha do Ida", que depois foi tragada pela terra).
Dessa união nasce Múnito, entregue a Acamas pela bisavó Etra ("prisio-
neira"), que será morto por uma víbora numa caçada na Trácia (Créston).

τῆς ἁρπαγείσης ἀντίποινα θυιάδος, 505
ὧν ὀστράκου στρόβιλος ἐντετμημένος
κόρσην σκεπάζει ῥῦμα φοινίου δορός.
τὰ δ᾽ ἄλλα θριπόβρωτος ἄψαυστος δόμων
σφραγὶς δοκεύει, θάμβος ἐγχώροις μέγα.
ἃ δὴ πρὸς ἄστρων κλίμακα στήσει δρόμον 510
τοῖς ἡμιθνήτοις διπιύχοις Λαπερσίοις·
οὓς μήποτ᾽, ὦ Ζεῦ σῶτερ, εἰς πάτραν ἐμὴν
στείλαις ἀρωγοὺς τῇ δισαρπάγῳ κρεκί,
μηδὲ πτερωτὰς ὁπλίσαντες ὁλκάδας
πρύμνης ἀπ᾽ ἄκρας γυμνὸν αἰψηρὸν πόδα 515
εἰς Βεβρύκων ῥίψειαν ἐκβατηρίαν,
μηδ᾽ οἱ λεόντων τῶνδε καρτερώτεροι,
ἀλκὴν ἄμικτοι, τοὺς Ἄρης ἐφίλατο,
καὶ δῖ Ἐνυώ, καὶ τριγέννητος θεὰ
Βοαρμία Λογγᾶτις Ὁμολωὶς Βία. 520
οὐκ ἄν, τὰ χειρώνακτες ἐργάται διπλοῖ,
Δρύμας τε καὶ Πρόφαντος, ὁ Κρώμνης ἄναξ,
ἐλατύπησαν κοιράνῳ ψευδωμότῃ,
ἓν ἦμαρ ἀρκέσειε πορθηταῖς λύκοις

outrora sequestrada.[79] Cuniforme, a casca
do ovo cindida ao meio tolda-lhes as têmporas,
defesa contra a lança morticida. A casa,
o resto dela, o carcomido selo intacto
resguarda, embasbacando as gentes do país.
Assim, os semidivos gêmeos de Lapércio
escalarão a escada à órbita dos astros.[80]
Possas não remetê-los, Zeus, ao meu país
em socorro da íbis duplissequestrada,
tampouco, armando naus aladas, do pináculo
da popa arremessem o expedito pé
desnudo sobre a arribação do povo bébrice,
menos ainda os mais fortes que os leões,
cujo vigor tão singular não só amou
Ares, mas Ênio diva, a deia Tritogênea
Longátida Boieira Anuência Violência.[81]
Não, o que os dois obreiros, ambos artesãos,
Carvalho e Préassinalado, rei de Cromne,
talharam ao senhor perjúrio no rochedo,
resistiria um dia aos lobos pilhadores;

---

[79] Os Dióscuros (Cástor e Pólux, "lobos de Acteus") atacam a Ática e aprisionam Etra, que era a guardiã de Helena ("mênade"). Helena, irmã dos gêmeos, fora raptada por Teseu, filho de Etra e pai de Acamas.

[80] "Casca de ovo" faz referência ao ovo de Leda (de onde os irmãos teriam nascido) e ao formato do *pilos*, o elmo que os Dióscuros levavam à cabeça. Por não terem saqueado as casas durante a invasão da Ática, Cástor e Pólux ("gêmeos de Lapércio") são cultuados como divindades pelos acteus.

[81] Alexandra roga a Zeus para que os Dióscuros não tentem resgatar Helena ("íbis duplissequestrada") dos troianos ("povo bébrice") e que mantenha afastados Idas e Linceu ("mais fortes que os leões"), guerreiros protegidos por Ares, Ênio e Atena (referida por vários epítetos).

στέξαι βαρεῖαν ἐμβολὴν ῥαιστηρίαν,   525
καίπερ πρὸ πύργων τὸν Καναστραῖον μέγαν
ἐγχώριον γίγαντα δυσμενῶν μοχλὸν
ἔχοντα, καὶ τὸν πρῶτον εὐστόχῳ βολῇ
μαιμῶντα τύψαι ποιμνίων ἀλάστορα.
οὗ δή ποτ᾽ αἴθων πρῶτα καινίσει δόρυ   530
κίρκος θρασὺς πήδημα λαιψηρὸν δικών,
Γραικῶν ἄριστος, ᾧ πάλαι τεύχει τάφους
ἀκτὴ Δολόγκων εὐτρεπὴς κεκμηκότι,
Μαζουσία προὔχουσα χερσαίου κέρως.
Ἀλλ᾽ ἔστι γάρ τις, ἔστι καὶ παρ᾽ ἐλπίδα   535
ἡμῖν ἀρωγὸς πρευμενὴς ὁ Δρύμνιος
δαίμων Προμανθεὺς Αἰθίοψ Γυράψιος,
ὅς, τὸν πλανήτην Ὀρθάνην ὅταν δόμοις
σίνιν καταρρακτῆρα δέξωνται πικρὸν
οἱ δεινὰ κἀπόθεστα πείσεσθαί ποτε   540
μέλλοντες, ἔν τε δαιτὶ καὶ θαλυσίοις
λοιβαῖσι μειλίσσωσιν ἀστεργῆ Κράγον,
θήσει βαρὺν κογχὸν ἐν λέσχαις μέσον.
καὶ πρῶτα μὲν μύθοισιν ἀλλήλους ὀδὰξ
βρύξουσι κηκασμοῖσιν ὠκριωμένοι,   545
αὖθις δ᾽ ἐναιχμάσουσιν αὐτανέψιοι,
ἀνεψιαῖς ὄρνισι χραισμῆσαι γάμους

78

tampouco evitarão a tétrica investida,
mesmo se o hipergigantesco Canastreu,
diante da torre, aldrava contra os adversários,
mirando a perfeição de seu petardo, prostre
o ávido que anseie massacrar a grei.
Sua lança um dia provará primeiramente
o intrépido falcão no assalto fulminante,
o heleno *áristos*, o ás. A encosta em Dóloncos
há muito erigiu seu túmulo, Mazoúsia,
um seio que espoucou, proeminente, à terra.[82]
Mas um existe, um que inesperadamente
nos prestará auxílio, divindade drímnia,
o demo Préciente, Rochirrondo, Etíope,
o qual — quando acolherem no solar o errante
lascivo, infame destrutivo pilhador,
os que haverão de padecer revés terrível
numa jornada e que em festins, com libações
cereais, suplicarão ao implacável Crago —
desencadeará discórdia no interior da sala.[83]
Dentar-se-ão inicialmente mutuamente
com termos rudes, perturbados por insultos,
mas logo os primos hão de recorrer à lança,
para poupar, de ladraestupradoras bodas

---

[82] A lança de Heitor mata Protesilau, o primeiro grego a desembarcar em Troia (cf. *Ilíada*, II, 701-2), que depois foi sepultado em Mazoúsia, um promontório em forma de seio situado no Quersoneso Trácio.

[83] Zeus, divindade drímnia (também chamado Préciente, Rochirrondo, Etíope e Crago), fomenta a discórdia entre os espartanos Cástor e Pólux e seus primos messênios Idas e Linceu (em uma festa em que Páris, o "errante lascivo", está presente), o que impedirá que avancem juntos contra Troia.

βιαιοκλῶπας ἁρπαγάς τε συγγόνων
χρήζοντες, ἀλφῆς τῆς ἀεδνώτου δίκην.
ἦ πολλὰ δὴ βέλεμνα Κνηκιὼν πόρος   550
ῥιφέντα τόλμαις αἰετῶν ἐπόψεται,
ἄπιστα καὶ θαμβητὰ Φηραίοις κλύειν.
ὁ μὲν κρανείᾳ κοῖλον οὐτάσας στύπος
φηγοῦ κελαινῆς διπτύχων ἕνα φθερεῖ,
λέοντα ταύρῳ συμβαλόντα φύλοπιν.   555
ὁ δ᾽ αὖ σιγύμνῳ πλεύρ᾽ ἀναρρήξας βοὸς
κλινεῖ πρὸς οὖδας. τῷ δὲ δευτέραν ἔπι
πληγὴν ἀθαμβὴς κριὸς ἐγκορύψεται,
ἄγαλμα πήλας τῶν Ἀμυκλαίων τάφων.
ὁμοῦ δὲ χαλκὸς καὶ κεραύνιοι βολαὶ   560
ταύρους καταξανοῦσιν, ὧν ἀλκὴν ἑνὸς
οὐδ᾽ ὁ Σκιαστὴς Ὀρχιεὺς Τιλφούσιος
ἐμέμψατ᾽, ἐν χάρμαισι ῥαιβώσας κέρας.
καὶ τοὺς μὲν Ἅιδης, τοὺς δ᾽ Ὀλύμπιοι πλάκες
παρ᾽ ἦμαρ αἰεὶ δεξιώσονται ξένους,   565
φιλαυθομαίμους, ἀφθίτους τε καὶ φθιτούς.
καὶ τῶν μὲν ἡμῖν εὐνάσει δαίμων δόρυ,
βαιόν τι μῆχαρ ἐν κακοῖς δωρούμενος.

e raptos de parentes, suas primas aves,
justiça feita por consórcio sem um dote.[84]
Sim, os inúmeros lançaços que o ardor
das águias arremete o rio Cnécio verá,
embasbacantes à audição da gente féria.[85]
Um elimina um dos gêmeos, golpeando
com o corniso o tronco oco de um roble —
entre leão e touro, mútuo o grito bélico.
Outro desfere no vacum que se estatela
ao chão o seu venábulo. Mas, num arroubo,
o impávido carneiro o encorneará,
balouçando um pilar do túmulo amicleu.[86]
O bronze e os bólides relampejantes juntos
escorcharão os touros — o vigor de um deles,
nem o Testicular Umbroso Telfusiano
o denegriu ao recurvar o côrneo arco.[87]
O Hades e a olímpica planície a uns e outros,
em jornadas cambiantes, sempiacolherão,
filomesmissanguíneos, imortais, mortais.
Um nume haverá de adormecer sua lança
por nós, modesto refrigério do revés.[88]

---

[84] A luta entre os primos teve origem quando Cástor e Pólux se apoderaram das filhas de Leucipo, Hilaria e Febe, prometidas a Idas e Linceu. Leucipo era irmão de Afareu, rei da Messênia e pai de Idas e Linceu.

[85] O rumor do conflito entre os Dióscuros e os Afarétidas é ouvido na cidade de Féria, localizada entre a Lacônia e a Messênia.

[86] Nos combates, Idas (touro) mata Cástor (leão), escondido atrás de um tronco. Pólux atinge Linceu (vacum) e Idas (carneiro) fere Pólux, numa luta nas cercanias do túmulo de Afareu, em Amicles (Lacônia).

[87] Os raios de Zeus fulminam os Afarétidas (touros). A força de Idas é recordada por seu ataque a Apolo (deus referido por três epítetos: Testicular Umbroso Telfusiano).

[88] Mortos, Idas e Linceu vão para o Hades; os gêmeos Cástor e Pó-

ἄλλων δ' ἄπλατον χειρὶ κινήσει νέφος,
ὧν οὐδ' ὁ Ῥοιοῦς ἶνις εὐνάζων μένος   570
σχήσει, τὸν ἐννέωρον ἐν νήσῳ χρόνον
μίμνειν ἀνώγων, θεσφάτοις πεπεισμένους,
τροφὴν δ' ἀμεμφῆ πᾶσι τριπτύχους κόρας
ἴσκων παρέξειν, Κυνθίαν ὅσοι σκοπὴν
μίμνοντες ἡλάσκουσιν Ἰνωποῦ πέλας,   575
Αἰγύπτιον Τρίτωνος ἕλκοντες ποτόν.
ἃς δὴ Πρόβλαστος ἐξεπαίδευσε θρασὺς
μυληφάτου χιλοῖο δαιδαλευτρίας
ἕρπιν τε ῥέζειν ἠδ' ἀλοιφαῖον λίπος,
οἰνοτρόπους Ζάρηκος ἐκγόνους φάβας.   580
αἳ καὶ στρατοῦ βούπειναν ὀθνείων κυνῶν
τρύχουσαν ἀλθανοῦσιν, ἐλθοῦσαί ποτε
Σιθῶνος εἰς θυγατρὸς εὐναστήριον.
καὶ ταῦτα μὲν μίτοισι χαλκέων πάλαι
στρόμβων ἐπιρροιζοῦσι γηραιαὶ κόραι·   585

Mas sua mão afastará a nuvem torva
de outros e nem o filho de Roió amaina
sua ira, ele que lhes ordena estar na ilha
por nove anos, persuadidos pelo oráculo;[89]
suas três filhas servirão manjar opíparo
aos moradores — todos! — da elevada Cíntia
que circularem nas imediações do Inopo,
para sorver do egípcio Tríton cristalino.[90]
O Prematuro audaz foi o tutor das moças,
obreiras hábeis na maceração dos grãos,
na produção etílica e do azeite untoso,
palomas víneoafeitas, netas de Zaréx.
Mitigarão a fomifúria do tropel
canino alienígena, quando adentrarem
um dia a câmara da filha de Sitôn.[91]
É o que donzelas velhas rilham de há muito
tempo, no manuseio de fios em fusos brônzeos.[92]

---

lux, semidivinizados, ocupam o Olimpo e o Hades em dias alternados —
o fim deles dá alguma esperança ao futuro dos troianos.

[89] Nem esta ação de Zeus vai impedir o avanço dos gregos (os "outros"). Os versos 569-80 referem-se à segunda expedição grega contra Troia, liderada por Agamêmnon. Alexandra introduz Ânio, rei de Delos, filho de Apolo e Roió, vidente que prevê aos gregos, quando passam por Delos, a queda de Troia no décimo ano. Ânio exorta-os a permanecer ali durante nove anos, onde suas miraculosas filhas os alimentariam.

[90] Dioniso (Prematuro, *Próblastos*) ensinou às três filhas de Ânio, Eno, Espermo e Elaida, a produção de azeite, grãos e vinho, que elas servirão aos gregos em Delos, na montanha Cíntia e junto ao rio Inopo (que se acreditava ligado subterraneamente ao rio Nilo, ou Tríton).

[91] As filhas de Ânio (netas de Zaréx, segundo marido de Roió) nutrirão os famintos gregos (tropel canino) junto às muralhas de Troia (figurada aqui como o túmulo de Retea, filha de Sitôn). Quando elas quiseram fugir dos gregos, foram transformadas em pombas por Dioniso.

[92] Referência às Parcas.

Κηφεὺς δὲ καὶ Πράξανδρος, οὐ ναυκληρίας
λαῶν ἄνακτες, ἀλλ᾽ ἀνώνυμοι σποραί,
πέμπτοι τέταρτοι γαῖαν ἵξονται θεᾶς
Γόλγων ἀνάσσης· ὧν ὁ μὲν Λάκων᾽ ὄχλον
ἄγων Θεράπνης, θάτερος δ᾽ ἀπ᾽ Ὠλένου   590
Δύμης τε Βουραίοισιν ἡγεμὼν στρατοῦ.
ὁ δ᾽ Ἀργύριππα Δαυνίων παγκληρίαν
παρ᾽ Αὐσονίτην Φυλαμὸν δωμήσεται,
πικρὰν ἑταίρων ἐπτερωμένην ἰδὼν
οἰωνόμικτον μοῖραν, οἳ θαλασσίαν   595
δίαιταν αἰνέσουσι, πορκέων δίκην,
κύκνοισιν ἰνδαλθέντες εὐγλήνοις δομήν.
ῥάμφεσσι δ᾽ ἀγρώσσοντες ἐλλόπων θορούς
φερώνυμον νησῖδα νάσσονται πρόμου,
θεατρομόρφῳ πρὸς κλίτει γεωλόφῳ   600
ἀγυιοπλαστήσαντες ἐμπέδοις πομαῖς
πυκνὰς καλιάς, Ζῆθον ἐκμιμούμενοι.
ὁμοῦ δ᾽ ἐς ἄγραν κἀπὶ κοιταίαν νάπην
νύκτωρ στελοῦνται, πάντα φεύγοντες βροτῶν
κάρβανον ὄχλον, ἐν δὲ γραικίταις πέπλοις   605
κόλπων ἰαυθμοὺς ἠθάδας διζήμενοι,
καὶ κρῖμνα χειρῶν κἀπιδόρπιον τρύφος

Praxandros e Cefeu, não príncipes de esquadra
marinha, mas anônimos de estirpe, quinto
e quarto chegarão à terra da divina
guardiã dos golgos, um, encabeçando a massa
lacônia de Terapne, o outro, desde Olenos
e Dime, encabeçando a tropa dos bureus.[93]
E um outro erigirá Argiripa, dominância
dâunia na fímbria ausônia do caudal de Fílamos,
depois de vislumbrar a moira amarga, alada,
avimetamorfoseadora de seus sócios.[94]
A vida ao mar irão amar, quais tarrafeiros,
os símiles dos cisnes olhifulgurantes,
pescando as ovas do esturjão com rostro à mão,
na ilha epônima do chefe habitando
os terricimos teatroformes da colina,
nidiplasmando em fila com raízes sólidas,
à imitação de Zetos, as compactas choças.
Juntos na caça, juntos no vale do sono
à noite irão, em fuga de massivos bárbaros,
em peplos grécicos, atrás dos familiares
albergues nas sinuosidades. E às migalhas
de pão avançarão as mãos, ao que sobrar

---

[93] Após os versos sobre os Dióscuros, os Afarétidas e Ânio, Alexandra volta-se aos heróis que chegam ao Chipre (ilha da "guardiã dos golgos", Afrodite). O quarto e o quinto são Praxandros, proveniente da Lacônia, e Cefeu, militar que lidera as tropas das cidades aqueias de Olenos, Dime e Bura (Homero não os cita).

[94] "Um outro" herói grego é Diomedes, que fundará a cidade de Argiripa na região do rio Fílamos, na Apúlia italiana. Como punição por ter ferido Afrodite durante a guerra de Troia, seus companheiros foram transformados em aves (Virgílio, *Eneida*, XI, 271-4 e Ovídio, *Metamorfoses*, XIV, 497-511 retomam o mito).

μάζης σπάσονται, προσφιλὲς κνυζούμενοι,
τῆς πρὶν διαίτης τλήμονες μεμνημένοι.
Τροιζηνίας δὲ πραῦμα φοιτάδος, πλάνης   610
ἔσται κακῶν τε πημάτων παραίτιον,
ὅταν θρασεῖα θουρὰς οἰστρήσῃ κύων
πρὸς λέκτρα. τύμβος δ᾽ αὐτὸν ἐκσώσει μόρου
Ὁπλοσμίας, σφαγαῖσιν ηὐτρεπισμένον.
κολοσσοβάμων δ᾽ ἐν πτυχαῖσιν Αὐσόνων   615
σταθεὶς ἐρείσει κῶλα χερμάσων ἔπι
τοῦ τειχοποιοῦ γαπέδων Ἀμοιβέως,
τὸν ἑρματίτην νηὸς ἐκβαλὼν κέτρον.
κρίσει δ᾽ Ἀλαίνου τοῦ κασιγνήτου σφαλεὶς
εὐχὰς ἀρούραις ἀμφ᾽ ἐτητύμους βαλεῖ,   620
Δηοῦς ἀνεῖναι μήποτ᾽ ὄμπνιον στάχυν,
γύας τιθαιβώσσοντος ἀρδηθμῷ Διός,
ἢν μή τις αὐτοῦ ῥίζαν Αἰτωλῶν σπάσας
χέρσον λαχήνῃ, βουσὶν αὔλακας τεμών.

da sopa, esganiçando amigavelmente,
lembrados tristes da existência precedente.[95]
A paga pelo trauma em Trezênia há
de ser o périplo errante e a dor extrema,
quando, sem pejo, a perra ardente o inste ao leito.
Prévio à degola, o altar da Hoplósmia o salvará
da morte que o assola.[96] E, colossal-no-toro,
estático nas reentrâncias ausonianas,
implantará o par de pernas sobre as pedras
do fundotérreo Cambiador, feitor-de-torre,
antigo lastro que lançara barco afora.[97]
Fraudado pela decisão do irmão Aleno,
desfere na campina imprecações verídicas:
a espiga fértil de Deó abortará,
mesmo que Zeus fecunde a leiva com agueiro,
se um familiar etólio não labore o solo,
sulcando com vacum o rego mais profundo.[98]

---

[95] Registre-se a bela passagem dedicada aos companheiros de Diomedes transformados em aves marinhas: erigem seus ninhos como Zetos (construtor da muralha de Tebas); preferem os gregos aos bárbaros (como registra Aristóteles em *Mirabilia*, 79); e caçam durante o dia e repousam à noite, sempre em grupo.

[96] O ferimento provocado em Afrodite (Trezênia) causa diversos infortúnios a Diomedes. Além da peregrinação errante, a deusa induz sua esposa Egialea a cometer adultério. Ao retornar a Argos, os amantes da mulher o perseguem e ele se refugia no templo de Hera (Hoplósmia).

[97] Ao aportar na Apúlia (Ausônia), Diomedes retira as pedras das muralhas de Troia que utilizara como lastro de seu navio, pedras essas utilizadas por Posêidon (Cambiador) em sua construção. Como um colosso, finca os pés sobre elas, demarcando o espaço que conquistará.

[98] Diomedes auxilia o rei da Dâunia, Dauno, a vencer uma guerra. Dauno não cumpre a promessa de conceder parte do território ao herói. O próprio irmão de Diomedes, Aleno, encarregado de ser o árbitro do litígio, atraiçoa Diomedes. As imprecações de Diomedes ocupam quatro

στήλαις δ' ἀκινήτοισιν ὀχμάσει πέδον,   625
ἃς οὔτις ἀνδρῶν ἐκ βίας καυχήσεται
μετοχλίσας ὀλίζον. ἦ γὰρ ἀπτέρως
αὐταὶ παλιμπόρευτον ἵξονται βάσιν
ἄνδηρ' ἀρέζοις ἴχνεσιν δατούμεναι.
θεὸς δὲ πολλοῖς αἰπὺς αὐδηθήσεται,   630
ὅσοι παρ' Ἰοῦς γρῶνον οἰκοῦνται πέδον,
δράκοντα τὸν φθείραντα Φαίακας κτανών.
οἱ δ' ἀμφικλύστους χοιράδας Γυμνησίας
σισυρνοδῦται καρκίνοι πεπλωκότες
ἄχλαινον ἀμπρεύσουσι νήλιποι βίον,   635
τριπλαῖς δικώλοις σφενδόναις ὡπλισμένοι.
ὧν αἱ τεκοῦσαι τὴν ἑκηβόλον τέχνην
ἄδορπα παιδεύσουσι νηπίους γονάς.
οὐ γάρ τις αὐτῶν ψίσεται πύρνον γνάθῳ,
πρὶν ἂν κρατήσῃ ναστὸν εὐστόχῳ λίθῳ   640
ὑπὲρ τράφηκος σῆμα κείμενον σκοποῦ.
καὶ τοὶ μὲν ἀκτὰς ἐμβατήσονται λεπρὰς
Ἰβηροβοσκοὺς ἄγχι Ταρτησοῦ πύλης,
Ἄρνης παλαιᾶς γέννα, Τεμμίκων πρόμοι,

À terra imporá estáticas estelas.
Não haverá um ser jactante de movê-las
o mínimo: sem asas, como se as tivessem,
elas mesmas as próprias sendas retrofazem,
cindindo o areal com suas passadas ápodes.[99]
Ao nume inúmeros alcunham intangível,
moradores do plaino cavernoso de Io,
depois que dirimiu o drago feaciocida.[100]
Na penha Desnudez circum-marinha, iguais
a caranguejos em velosos peplos, pés
nus, outros viverão sem vestes, mas munidos
de catapultas tríplices com duplos fios.
Sem desjejum, a técnica do tiro as mães
ensinarão à prole tão precoce: não
poderão mastigar pitança na queixada
se a pedra exímia não esboroar a broa,
o signo do alvo avultando palo acima.[101]
Eles impõem os pés nas plagas nutribéricas
ásperas, que não distam do portal Tartesso,
raça do ancião Arneu, o príncipe dos têmiques,

---

versos (621-4): a terra não dará frutos de Deméter (Deó), se um de seus descendentes etólios não a cultivar.

[99] Diomedes erige estelas no território, para demarcar sua possessão, pedras que, se deslocadas, retornam a sua posição original.

[100] O herói era venerado pelos feácios na Córcira ("plaino caverno-so de Io", atual Corfu, no mar Jônio), pois ali matou o dragão que protegia o velocino de ouro na Cólquida. Nesta versão do mito, o dragão, após acordar da poção de Medeia, perseguiu, até a Grécia, Medeia e Jasão.

[101] Alexandra muda o foco narrativo para a história dos beócios que, após a guerra de Troia, acabam perdidos no extremo oeste do Mediterrâneo, nas ilhas Baleares ("penha Desnudez"). O nome das ilhas era associado ao verbo *bállo* (lançar), e aqui foi relacionado aos estilingues, ou catapultas. Os beócios treinavam seu manuseio desde a infância.

Γραῖαν ποθοῦντες καὶ Λεοντάρνης πάγους 645
Σκῶλόν τε καὶ Τέγυραν Ὀγχηστοῦ θ᾽ ἕδος
καὶ χεῦμα Θερμώδοντος Ὑψάρνου θ᾽ ὕδωρ.
τοὺς δ᾽ ἀμφὶ Σύρτιν καὶ Λιβυστικὰς πλάκας
στενήν τε πορθμοῦ συνδρομὴν Τυρσηνικοῦ
καὶ μιξόθηρος ναυτιλοφθόρους σκοπὰς 650
τῆς πρὶν θανούσης ἐκ χερῶν Μηκιστέως
τοῦ στερφοπέπλου Σκαπανέως Βοαγίδα
ἁρπυιογούνων κλώμακάς τ᾽ ἀηδόνων
πλαγχθέντας, ὠμόσιτα δαιταλωμένους,
πρόπαντας Ἅιδης πανδοκεὺς ἀγρεύσεται, 655
λώβαισι παντοίαισιν ἐσπαραγμένους,
ἕνα φθαρέντων ἄγγελον λιπὼν φίλων
δελφινόσγμον κλῶπα Φοινίκης θεᾶς.
ὃς ὄψεται μὲν τοῦ μονογλήνου στέγας
χάρωνος, οἴνης τῷ κρεωφάγῳ σκύφον 660
χερσὶ προτείνων, τοὐπιδόρπιον ποτόν.
ἐπόψεται δὲ λείψανον τοξευμάτων
τοῦ Κηραμύντου Πευκέως Παλαίμονος,

ansiando Graia e o outeiro Leontarneu,
Escolo e Tegira e o rincão de Onquestos,
o fluxo Termodonte e as águas do Hipsarno.[102]
Outros, à beira-Sirte e nos plainos líbicos
e na estreita confluência do Tirreno,
na atalaia da semifera matanautas
outrora morta pelas mãos de Mecisteu,
boieiro lavrador em túnica de couro,
e no escolho do rouxinol harpia-úngulo
errando, banqueteadas suas crudicarnes,
o Hades pan-receptivo acolherá a todos,
aniquilados por mutilações inúmeras.[103]
Só deixa um núncio, um único, de amigos mortos,
delfíneoassinalado, furtador da deusa
fenícia.[104] O lar do leão monocular, carnívoro,
ele verá. Sua mão há de estender-lhe a copa
plena de vinho, ao fim de seu festim.[105] Também
encontrará quem não feriu-se com as flechas
do Pineal Mortífugo Pugilvigor:

---

[102] Os beócios (raça de Arneu, príncipe dos temiques) chegam a Tartesso, nas proximidades do estreito de Gibraltar, ansiando pelas localidades de seu país natal: Graia (ou Tânagra), Leontarneu (região no sopé do monte Hélicon), Escolo, Tegira e Onquestos (cidades da Beócia), Termodonte (ou Lóris) e Hipsarno (dois rios da região).

[103] Outros, retornando de Troia, morrerão em Sirte (ver Heródoto, II, 32, 2) e nos plainos da Líbia (terra dos lotófagos, segundo Homero, aqui não mencionados); no estreito de Messina, por Cila ("semifera matanautas" morta por Héracles, o Mecisteu); e no escolho das Sereias (harpias). Inicia-se aqui o reconto da *Odisseia*.

[104] Apenas Odisseu sobrevive, portando um escudo com a imagem de um golfinho e o Paládio roubado de Troia (que traz a representação da Atena "Fenícia").

[105] Odisseu escapa do ciclope Polifemo (leão monocular) ao entorpecê-lo com vinho extremamente forte.

οἳ πάντα θρανύξαντες εὔτορνα σκάφη
σχοίνῳ κακὴν τρήσουσι κεστρέων ἄγρην. 665
ἄλλος δ' ἐπ' ἄλλῳ μόχθος ἄθλοις μενεῖ,
τοῦ πρόσθεν αἰεὶ πλεῖον ἐξωλέστερος.
ποία Χάρυβδις οὐχὶ δαίσεται νεκρῶν;
ποία δ' Ἐρινὺς μιξοπάρθενος κύων;
τίς οὐκ ἀηδὼν στεῖρα Κενταυροκτόνος 670
Αἰτωλὶς ἢ Κουρῆτις αἰόλῳ μέλει
πείσει τακῆναι σάρκας ἀκμήνους βορᾶς;
ποίαν δὲ θηρόπλαστον οὐκ ἐσόψεται
δράκαιναν, ἐγκυκῶσαν ἀλφίτῳ θρόνα,
καὶ κῆρα κνωπόμορφον; οἱ δὲ δύσμοροι 675
στένοντες ἄτας ἐν συφοῖσι φορβάδες
γίγαρτα χιλῷ συμμεμιγμένα τρυγὸς
καὶ στέμφυλα βρύξουσιν. ἀλλά νιν βλάβης
μῶλυς σαώσει ῥίζα καὶ Κτάρος φανεὶς
Νωνακριάτης Τρικέφαλος Φαιδρὸς θεός. 680
ἥξει δ' ἐρεμνὸν εἰς ἀλήπεδον φθιτῶν
καὶ νεκρόμαντιν πέμπελον διζήσεται
ἀνδρῶν γυναικῶν εἰδότα ξυνουσίας,
ψυχαῖσι θερμὸν αἷμα προσράνας βόθρῳ,
καὶ φασγάνου πρόβλημα, νερτέροις φόβον, 685

com o espatifamento da canoa esbelta,
perfurarão com junco a pesca dos mugis.[106]
No acúmulo de agruras que o infeliz suporta,
a posterior agrava sempre a anterior.
E qual Caribde não devorará os cadáveres?
E qual Erínia, semiperra, semininfa?
E qual Centaurocida, rouxinol estéril,
etólio ou curete, em timbres criativos,
não os convence a definhar, jejunas carnes
de repasto? Que plasmabestas não verá,
serpe mesclando erva mágica à farinha?
Que morte ferimorfa? E os de moiramara,
no pasto da pocilga, ciciando acídulos,
mistura de bagaço de uva com forragem,
e borra de oliveira comerão. O bulbo
moly o preserva do revés, e o Lucro ilustre,
nume tricéfalo Nonácris Luziflâmeo.[107]
Arribará ao páramo dos falecidos
atrás do necrovaticinador idoso,
conhecedor do coito fêmeomasculino.[108]
Verte no fosso o sangue tépido das ânimas,
e, gládio em riste apavorante aos cadavéricos,

---

[106] Em seguida Odisseu enfrenta os Lestrigões, canibais como os Ciclopes. Parte deles havia sido dizimada por Héracles (chamado pelos epítetos Pineal Mortífugo Pugilvigor).

[107] Sequência das agruras de Odisseu: as monstruosas Caribde e Cila ("Erínia"), as Sereias (que haviam matado os centauros que fugiram de Héracles), e Circe, que transforma os companheiros de Odisseu em porcos. O herói grego escapa do feitiço ingerindo a planta *moly*, fornecida por Hermes ("Lucro"), deus dos comerciantes.

[108] Alusão ao episódio da *Nékuia*, descida de Odisseu ao mundo dos mortos (*Odisseia*, XI, 90-151), onde o herói procura Tirésias.

πήλας ἀκούσει κεῖθι πεμφίγων ὄπα
λεπτὴν ἀμαυρᾶς μάστακος προσφθέγμασιν.

ὅθεν Γιγάντων νῆσος ἡ μετάφρενον
θλάσασα καὶ Τυφῶνος ἀγρίου δέμας
φλογμῷ ζέουσα δέξεται μονόστολον,   690
ἐν ᾗ πιθήκων πάλμυς ἀφθίτων γένος
δύσμορφον εἰς κηκασμὸν ᾤκισεν τόσων,
οἳ μῶλον ὠρόθυναν ἐκγόνοις Κρόνου.
Βαίου δ’ ἀμείψας τοῦ κυβερνήτου τάφον
καὶ Κιμμέρων ἔπαυλα κἀχερουσίαν   695
ῥόχθοισι κυμαίνουσαν οἴδματος χύσιν
Ὄσσαν τε καὶ λέοντος ἀτραποὺς βοῶν
χωστὰς Ὀβριμοῦς τ’ ἄλσος οὐδαίας Κόρης,
Πυριφλεγές τε ῥεῖθρον, ἔνθα δύσβατος
τείνει πρὸς αἴθραν κρᾶτα Πολυδέγμων λόφος,   700
ἐξ οὗ τὰ πάντα χύτλα καὶ πᾶσαι μυχῶν
πηγαὶ κατ’ Αὐσονῖτιν ἕλκονται χθόνα,
λιπὼν δε Ληθαιῶνος ὑψηλὸν κλέτας
λίμνην τ’ Ἄορνον ἀμφιτορνωτὴν βρόχῳ
καὶ χεῦμα Κωκυτοῖο λαβρωθὲν σκότῳ,   705

há de escutar as vozes do ressopro, apóstrofes
aladas da queixada torva. Então a ínsula
ao dorso dos gigantes confrangente, e o físico
do desafável Tífon, flâmeoborbulhante,
hão de acolher o monoviajor, local
em que o sultão de imorredouros cria a raça
dismórfica dos símios, para o achincalhe
dos agressores da linhagem do Cronida.[109]
Ultrapassada a tumba do piloto Baio,
e o redil dos cimérios, e o aquerusiano
jorro que avulta ao trom de um vagalhão, e Ossa
e as sendas terriplanas para os bois do leão,[110]
e a floresta Vigor da Moça subterráquea,
e o rio de labareda, onde o impérvio píncaro
do Multiacolhedor estende a testa ao éter —
dali escoa toda água, toda fonte
que o trato ausônio irriga pleno nos baixios —,[111]
deixará para trás o pico de Letêone
e o Averno, Sem-Ave, lago circum-laço,
e o fluxo Cócito, intempestivo à sombra,

---

[109] Odisseu vai até a ilha vulcânica de Ísquia, no golfo de Nápoles,
onde o gigante Tífon estaria enterrado. Zeus havia transformado os habitantes da ilha, os Cercopes, em macacos, para que zombassem dos gigantes que tentaram usurpar seu trono.

[110] O herói grego passa depois por locais próximos a Cumas, na região de Nápoles: o túmulo de Baio (um de seus nautas), a região dos cimérios, o atual lago Fusaro ("aquerusiano jorro"), o lendário monte Ossa (possivelmente o Vesúvio) e o lago de Lucrino (que Héracles, o leão, ligara ao mar Tirreno para conduzir o gado de Gérion).

[111] Referência ao bosque de Perséfone ("floresta Vigor da Moça", uma das entradas para os ínferos), ao Piriflegeto (rio de labareda) e aos montes Apeninos (píncaros do Hades, o Polidegmôn, "Multiacolhedor"), de onde os rios correm para toda a Ausônia.

Στυγὸς κελαινῆς νασμόν, ἔνθα Τερμιεὺς
ὀρκωμότους ἔτευξεν ἀφθίτοις ἕδρας,
λοιβὰς ἀφύσσων χρυσέαις πέλλαις γάνος,
μέλλων Γίγαντας κἀπὶ Τιτῆνας περᾶν·
θήσει Δαείρᾳ καὶ ξυνευνέτῃ δάνος,   710
πήληκα κόρσῃ κίονος προσάρμοσας.
κτενεῖ δὲ κούρας Τηθύος παιδὸς τριπλᾶς,
οἴμας μελῳδοῦ μητρὸς ἐκμεμαγμένας,
αὐτοκτόνοις ῥιφαῖσιν ἐξ ἄκρας σκοπῆς
Τυρσηνικὸν πρὸς κῦμα δυπτούσας πτεροῖς,   715
ὅπου λινεργὴς κλῶσις ἑλκύσει πικρά.
τὴν μὲν Φαλήρου τύρσις ἐκβεβρασμένην
Γλάνις τε ῥείθροις δέξεται τέγγων χθόνα·
οὗ σῆμα δωμήσαντες ἔγχωροι κόρης
λοιβαῖσι καὶ θύσθλοισι Παρθενόπην βοῶν   720
ἔτεια κυδανοῦσιν οἰωνὸν θεάν.
ἀκτὴν δὲ τὴν προὔχουσαν εἰς Ἐνιπέως
Λευκωσία ῥιφεῖσα τὴν ἐπώνυμον
πέτραν ὀχήσει δαρόν, ἔνθα λάβρος Ἴς
γείτων θ' ὁ Λᾶρις ἐξερεύγονται ποτά.   725

afluente do fuliginoso Estige — Término
ali construiu a moradia dos sermões,
defluindo a fresca libação em áureas taças,
prestes a enfrentar Gigantes e Titãs —,
a Daera e a seu consorte ofertará o dom
do elmo, suspenso ao capitel de uma coluna.[112]
E matará as três filhas de quem Tétis cria,
miméticas da senda musical da mãe,
autoassassinas sob o escolho em decíduo,
onda tirrênica adentro, aonde afundam
asas e o amaro fio do estame líneo arrasta-as.[113]
Cuspidas no areal, a uma, a torre Fáleros
afaga, e o Glânis cujo fluxo irriga os sulcos.
Íncolas edificam tumba para a moça;
escorcham gado, fazem libações anuais
em prol de Partenopa, divindade-pássaro.[114]
Lançada à encosta saliente do Enipeu,
por séculos Leucósia apossa-se da rocha
epônima, local onde o Is impetuoso
vomita com o Láris, seu vizinho, as águas.[115]

---

[112] Retornando dos ínferos após passar pelo monte Letêone (possivelmente o Vesúvio, cujo nome evoca *Lethe*, o Esquecimento mortal), pelo lago Averno ("Sem-Ave") e pelo rio Cócito (afluente do Estige, onde Zeus, o Término, mergulhou sua taça antes de enfrentar os Gigantes e os Titãs), Odisseu consagra seu elmo ao casal Perséfone (Daera) e Hades.

[113] Filhas da musa Terpsícore e de Aqueloo (filho de Tétis e Oceano), as três Sereias se suicidam por afogamento no mar Tirreno, frustradas por não terem conquistado Odisseu. O "fio do estame líneo" é referência às Moiras, tecelãs do destino.

[114] O túmulo de uma das Sereias, Partenopa, localiza-se no assentamento de mesmo nome (que dará origem à cidade de Nápoles), fundado pelo argonauta Fáleros, junto ao rio Glânis.

[115] Leucósia, a segunda Sereia, é arremessada pelas ondas contra o

λίγεια δ᾽ εἰς Τέρειναν ἐκναυσθλώσεται,
κλύδωνα χελλύσσουσα. τὴν δὲ ναυβάται
κρόκαισι ταρχύσουσιν ἐν παρακτίαις,
Ὠκινάρου δίναισιν ἀγχιτέρμονα.
λούσει δὲ σῆμα βούκερως νασμοῖς Ἄρης   730
ὀρνιθόπαιδος ἴσμα φοιβάζων ποτοῖς.
πρώτῃ δέ καὶ ποτ᾽ αὖθι συγγόνων θεᾷ
κραίνων ἀπάσης Μόψοπος ναυαρχίας
πλωτῆρσι λαμπαδοῦχον ἐντυνεῖ δρόμον,
χρησμοῖς πιθήσας. ὅν ποτ᾽ αὐξήσει λεὼς   735
Νεαπολιτῶν, οἳ παρ᾽ ἄκλυστον σκέπας
ὅρμων Μισηνοῦ στύφλα νάσσονται κλίτη.
Βύκτας δ᾽ ἐν ἀσκῷ συγκατακλείσας βοὸς
παλινστροβήτοις πημοναῖς ἀλώμενος
κεραυνίῃ μάστιγι συμφλεχθήσεται   740
καύηξ, ἐρινοῦ προσκαθήμενος κλάδῳ
ὡς μὴ καταβρόξῃ νιν ἐν ῥόχθοις κλύδων,
Χάρυβδιν ἐκφυσῶσαν ἑλκύσας βυθῷ.
βαιὸν δὲ τερφθεὶς τοῖς Ἀτλαντίδος γάμοις,
ἀναυλόχητον αὐτοκάβδαλον σκάφος   745

Expectorada pelas vagas em Terina,
Ligeia aportará e naumercantes a
enterrarão nos seixos onde o mar rebenta,
bastante rente ao sorvedouro do Ocinaro.
Ares cornitaurino banhará o sepulcro,
purificando a sede da meninavícula.[116]
A magna diva entre as três irmãs, honrando-a
posteriormente, o mor da frota do Mopsopo
entre os remeiros institui a lampadófora
corrida que fomentará, prezando o oráculo,
até os napolitanos, moradores próximos
da calma rada de Misena, em rudes penhas.[117]
O vendaval retido em odre de vacum,
erradio em penúrias retrorrodopiantes,
o látego relampejante o incendiará,
igual gaivota queda em ramo de figueira,
para evitar que o engula o pélago prepóstero
e sugue das funduras Caribde esbofante.[118]
Findo o interregno de prazer com a Atlantida,
no autorrudimentar esquife, estranho às docas,

---

promontório Enipeu, no golfo de Paestum, local onde desaguam os rios Is
e Láris.

[116] A terceira Sereia, Ligeia, é encontrada em Terina por marinheiros, que a enterram à beira do Ocinaro, rio resguardado por Ares.

[117] Um comandante ateniense, Diotimos ("mor da frota do Mopsopo"), organizará uma corrida náutica, com tochas, em honra da sereia Partenopa, evento que será mantido pelos napolitanos, habitantes dos penhascos junto ao porto de Misena.

[118] Depois da digressão sobre as Sereias, Alexandra retoma a viagem de Odisseu. Para ajudar o herói, Éolo aprisiona os ventos contrários (cf. *Odisseia*, X, 1-27), após uma tempestade ter eliminado seus últimos companheiros. O náufrago Odisseu passa novamente diante de Caribde, agarrado a um ramo de figueira (cf. *Odisseia*, XII, 103, 432 ss.).

βῆναι ταλάσσει καὶ κυβερνῆσαι τάλας
αὐτουργότευκτον βᾶριν εἰς μέσην τρόπιν
εἰκαῖα γόμφοις προστεταργανωμένην.
ἧς οἷα τυτθὸν Ἀμφίβαιος ἐκβράσας
τῆς κηρύλου δάμαρτος ἀπτῆνα σπόρον   750
αὐταῖς μεσόδμαις καὶ σὺν ἰκρίοις βαλεῖ
πρὸς κῦμα δύπτην ἐμπεπλεγμένον κάλοις.
πόντου δ᾽ ἄυπνος ἐνσαρούμενος μυχοῖς,
ἀστῷ σύνοικος Θρῃκίας Ἀνθηδόνος
ἔσται. παρ᾽ ἄλλου δ᾽ ἄλλος, ὡς πεύκης κλάδον,   755
βύκτης στροβήσει φελλὸν ἐνθρώσκων πνοαῖς.
μόλις δὲ Βύνης ἐκ παλιρροίας κακῆς
ἄμπυξ σαώσει στέρνα δεδρυφαγμένον
καὶ χεῖρας ἄκρας, αἷς κρεαγρεύτους πέτρας
μάρπτων ἁλιβρώτοισιν αἱμαχθήσεται   760
στόρθυγξι. νῆσον δ᾽ εἰς Κρόνῳ στυγουμένην
ἄρπην περάσας, μεζέων κρεανόμον,
ἄχλαινος ἵκτης, πημάτων λυγρῶν κόπις,
τὸν μυθοπλάστην ἐξυλακτήσει γόον,
ἀρὰς τετικὼς τοῦ τυφλωθέντος δάκους.   765
οὔπω μάλ᾽, οὔπω· μὴ τοσόσδ᾽ ὕπνος λάβοι
λήθης Μέλανθον ἐγκλιθένθ᾽ Ἱππηγέτην.

no afã de embarque, o infeliz se infelicita,
piloto de galé autoconstruta, inúteis
tarraxas e tarugos no labor da quilha,
de onde Anfibeu o ejeta; como a cria implume
da dama de um martinho-pescador, com viga
e mastaréu, será tragado pelas vagas:
tal qual mergulhador na maroma emaranha-se.[119]
Insone nos recônditos do mar, conviva
de Antédon, íncola da Trácia, há de ser.
Como um ramo de pinho, o vórtice troante
ressopra sucessivamente e estorce o corcho.
O véu de Bina salva do refluxo oceânico
o peito robleprotegendo-o e os dedos
que, aferrados à rocha escorcha-carnes, perdem
sangue na extremidade salinoesfaimada.[120]
Em Foice, ilha castrapênis tão estígia
a Cronos, nu e suplicante, o fraseador
de miseráveis sofrimentos haverá
de alardear a angústia mitofabulosa.
Expiará a maldição do monstro cego.
Não! Não ainda! Não! Um sonho tal de oblívio
não retenha, rendido, Nigela, o Ginete![121]

---

[119] Odisseu chega à ilha de Ogígia e é acolhido pela ninfa Calipso, filha de Atlas. Ao fim de sete anos, abandona Calipso e parte num barco que ele mesmo constrói, mas sofre novo ataque de Posêidon ("Anfibeu").

[120] Glauco, filho de Posêidon e pescador em Antédon, acolhe o herói nas profundezas do mar, e o véu de Ino (Bina) salva Odisseu (cf. *Odisseia*, V, 333-53), que consegue se agarrar às rochas da ilha dos feácios.

[121] Nesse local, a ilha de Córcira, teria sido escondida a foice com que Zeus cortara a genitália de Cronos. O ciclope cegado por Odisseu, Polifemo, invoca o pai Posêidon (chamado pelos epítetos Nigela e Ginete) contra o herói.

ἥξει γάρ, ἥξει ναύλοχον Ῥείθρου σκέπας
καὶ Νηρίτου πρηῶνας. ὄψεται δὲ πᾶν
μέλαθρον ἄρδην ἐκ βάθρων ἀνάστατον   770
μύκλοις γυναικόκλωψιν. ἡ δὲ βασσάρα
σεμνῶς κασωρεύουσα κοιλανεῖ δόμους,
θοίναισιν ὄλβον ἐκχέασα τλήμονος.
αὐτὸς δὲ πλείω τῶν ἐπὶ Σκαιαῖς πόνους
ἰδὼν μολοβρός, τλήσεται μὲν οἰκετῶν   775
στυγνὰς ἀπειλὰς εὐλόφῳ νώτῳ φέρειν
δέννοις κολασθείς, τλήσεται δὲ καὶ χερῶν
πληγαῖς ὑπείκειν καὶ βολαῖσιν ὀστράκων.
οὐ γὰρ ξέναι μάστιγες, ἀλλὰ δαψιλὴς
σφραγὶς μενεῖ Θόαντος ἐν πλευραῖς ἔτι,   780
λύγοισι τετρανθεῖσα, τὰς ὁ λυμεὼν
ἐπεγκολάπτειν ἀστένακτος αἰνέσει,
ἑκουσίαν σμώδιγγα προσμάσσων δομῇ,
ὅπως παλεύσῃ δυσμενεῖς, κατασκόποις
λώβαισι καὶ κλαυθμοῖσι φηλώσας πρόμον.   785
ὃν Βομβυλείας κλιτὺς ἡ Τεμμικία
ὕψιστον ἡμῖν πῆμ᾽ ἐτέκνωσέν ποτε,
μόνος πρὸς οἴκους ναυτίλων σωθεὶς τάλας.

Pois se recolhe ao molhe, ao molhe de Reítro
e aos píncaros do Nérito. Verá o solar
sob e sobre abalado por larápiofêmeos
lúbricos. Recatadamente fornicando,
a vulpina bacante esvaziará o paço,
vertendo em regabofe o ouro do infeliz.[122]
Mais infortúnios vislumbrando que nas portas
Ceias, suportará, famélico, no dorso
e na taluda nuca insultos de seus súditos,
punido por reproche. Aceitará sem réplica
as conchas que arremessam e os terríveis socos.[123]
Há de reconhecer o açoite, pois que traz
no flanco o signo que imprimira à carne Toas,
o látego do pródigo. O flagelador
recebe a incisão sem esboçar reclamo,
autoimpingindo sobranceiro as contusões
na trampa aos inimigos. As mutilações
espiãs e lágrimas enganam o primaz.[124]
O aclive temiceu Ribombo trouxe à luz
o píncaro de nossa adversidade, só
e salvo dos marujos a rever larário.[125]

---

[122] Odisseu finalmente chega a Ítaca, desembarcando no porto da cidade, Reítro. O monte Nérito dominava a paisagem da ilha. No palácio, Odisseu encontra os pretendentes e sua esposa infiel, Penélope.

[123] Odisseu sofre mais do que sofreu diante das portas Ceias, em Troia, na disputa pelo corpo de Aquiles. Os servos e os pretendentes humilham e batem no herói, disfarçado de mendigo.

[124] As costas de Odisseu ainda trazem as marcas do açoite de Toas. Como Helena conta na *Odisseia* (IV, 235 ss.), o herói se fez agredir pelo companheiro para melhor enganar os troianos e seu rei, Príamo ("primaz"), quando entrou na cidade como espião.

[125] Alexandra continua narrando as agruras de Odisseu, nascido na

λοῖσθον δὲ καύηξ ὥστε κυμάτων δρομεύς,
ὡς κόγχος ἅλμῃ πάντοθεν περιτριβείς,   790
κτῆσίν τε θοίναις Πρωνίων λαφυστίαν
πρὸς τῆς Λακαίνης αἰνοβακχεύτου κιχὼν,
σῦφαρ θανεῖται πόντιον φυγὼν σκέπας
κόραξ σὺν ὅπλοις Νηρίτων δρυμῶν πέλας.
κτενεῖ δὲ τύψας πλευρὰ λοίγιος στόνυξ   795
κέντρῳ δυσαλθὴς ἔλλοπος Σαρδωνικῆς.
κέλωρ δὲ πατρὸς ἄρταμος κληθήσεται,
Ἀχιλλέως δάμαρτος αὐτανέψιος.
μάντιν δὲ νεκρὸν Εὐρυτὰν στέψει λεὼς
ὅ τ' αἰπὺ ναίων Τραμπύας ἐδέθλιον,   800
ἐν ᾗ ποτ' αὖθις Ἡρακλῆ φθίσει δράκων
Τυμφαῖος ἐν θοίναισιν Αἰθίκων πρόμος,
τὸν Αἰακοῦ τε κἀπὸ Περσέως, σπορᾶς
καὶ Τημενείων οὐκ ἄπωθεν αἱμάτων.
Πέργῃ δέ μιν θανόντα, Τυρσηνῶν ὄρος,   805
ἐν Γορτυναίᾳ δέξεται πεφλεγμένον,

Enfim, feito um larídeo rápido nas ôndulas,
feito uma concha circungasta por salsugem,
ao ver haveres devorados pelos Pronos
na comilança da lacônia dionísio-
-sórdida, morrerá enrugado, corvo em fuga
do golfo com as armas, rente à brenha Nérita.[126]
A ponta perniciosa do esturjão de origem
sarda vulnera sua pleura e o dizima.
Será denominado eunuco carniceiro
do pai, primo germano da mulher de Aquiles.[127]
Eurítios o coroarão depois de morto
como adivinho em Trâmpia, cidadela abrupta,
onde o feitor de etices, o dragão tinfeu,
em outra feita, num festim, massacrará
Héracles, prole de Perseu e do rei Éaco,
ligado aos têmenes por liame consanguíneo.[128]
E Perges, cordilheira etrusca em Gortinea,
recebe as cinzas de quem Tânatos vitima,

Beócia (Temiceu é uma montanha da região), protegido de Atena (Ribombo), e último remanescente de seu grupo de marinheiros.

[126] Odisseu morrerá idoso em Ítaca, no monte Nérito, após ver o festim dos pretendentes (originários de Pronos, na Cefalônia, cf. Tucídides, 2, 30) com Penélope (chamada aqui de Lacônia, pois era filha de Ícaro e sobrinha de Tíndaro, rei de Esparta).

[127] O golpe fatal será desferido por Telégono, seu filho com Circe, quando este atacou os rebanhos da floresta de Nérito. Telégono é primo da mulher de Aquiles, Medeia (com quem o herói se casara nos Campos Elísios, cf. verso 174-5).

[128] Odisseu é considerado adivinho entre os eurítios, em Trâmpia, local onde Héracles, filho de Alexandre, o Grande, foi assassinado em 309 a.C. pelo rei do Épiro, Poliperconte (Tinfeu é um monte do Épiro). Etices eram os moradores da região. Alexandre considerava-se descendente de Aquiles (prole do rei Éaco) pelo lado materno, e de Perseu, por parte de pai. Seu filho, Héracles, seria ancestral de Têmeno.

ὅταν στενάζων κῆρας ἐκπνεύσῃ βίον
παιδός τε καὶ δάμαρτος, ἣν κτείνας πόσις
αὐτὸς πρὸς Ἅιδην δευτέραν ὁδὸν περᾷ,
σφαγαῖς ἀδελφῆς ἡλοκισμένος δέρην,   810
Γλαύκωνος Ἀψύρτοιό τ' αὐτανεψίας.
χὠ μὲν τοσούτων θῖνα πημάτων ἰδὼν
ἄστρεπτον Ἅιδην δύσεται τὸ δεύτερον,
γαληνὸν ἦμαρ οὔποτ' ἐν ζωῇ δρακών.
ὦ σχέτλι, ὥς σοι κρεῖσσον ἦν μίμνειν πάτρᾳ   815
βοηλατοῦντα καὶ τὸν ἐργάτην μύκλον
κάνθων' ὑπὸ ζεύγλαισι μεσσαβοῦν ἔτι
πλασταῖσι λύσσης μηχαναῖς οἰστρημένον
ἢ τηλικῶνδε πεῖραν ὀτλῆσαι κακῶν.
Ὁ δ' αἰνόλεκτρον ἁρπαγεῖσαν εὐνέτης   820
πλάτιν ματεύων, κληδόνων πεπυσμένος,
ποθῶν δὲ φάσμα πτηνὸν εἰς αἴθραν φυγόν,
ποίους θαλάσσης οὐκ ἐρευνήσει μυχούς;
ποίαν δὲ χέρσον οὐκ ἀνιχνεύσει μολών;
ἐπόψεται μὲν πρῶτα Τυφῶνος σκοπάς,   825
καὶ πέμπελον γραῦν μαρμαρουμένην δέμας,
καὶ τὰς Ἐρεμβῶν ναυβάταις ἠχθημένας
προβλῆτας ἀκτάς. ὄψεται δὲ τλήμονος

tão logo, quase um sopro, ele pranteie as Ceres
do filho e sua consorte, a quem o esposo mata
antes de renovar a rota rumo ao Hades.
O punhal de uma irmã retalha sua gorja,
prima germana dos heróis Apsirto e Glauco.[129]
Depois de ver monturo de revés inúmero,
há de reimergir no inquebrantável Hades,
sem o vislumbre de um dia de alegria.
Quanto melhor não fora estar em tuas paragens,
tocar o boi, jungir à trela do vacum
o jumento salaz, ó triste, e laborioso,
acuciado pela arte de fingir
loucura, a padecer o rol de atrocidades![130]
E o aviltálamo da esposa sequestrada
funesta, em sua busca, ouvindo só rumores,
querendo o simulacro, como o ar, volátil,
quais fímbrias não escrutará do mar talássio,
qual extensão de terra não sobresquadrinha?[131]
A atalaia de Tífon antes escrutina,
além da anciã marmormetamorfoseada,
como as dos érembos por nautas odiadas
proeminentes costas. Há de ver de Mirra

---

[129] Odisseu é enterrado na Etrúria, em Cortona, levado por seu filho arrependido e algoz, Telégono. Perges era um monte da Etrúria, próximo de Cortona (Gortinea). Ao morrer, o herói lamenta o destino de seu filho Telêmaco, que se casa com Circe e a mata, e depois é assassinado pela filha de Odisseu e Circe, Cassifone (prima de Glauco e Apsirto).

[130] Segunda descida ao Hades, agora de forma definitiva, em companhia do filho. Alexandra alude à catábase do canto XI da *Odisseia* (versos 90-137), e conclui sua condenação a Odisseu.

[131] A narrativa volta-se a Menelau, que, como Odisseu, fará um longo périplo para tentar reencontrar a esposa, Helena.

Μύρρας ἐρυμνὸν ἄστυ, τῆς μογοστόκους
ὠδῖνας ἐξέλυσε δενδρώδης κλάδος, 830
καὶ τὸν θεᾷ κλαυσθέντα Γαύαντος τάφον
Σχοινῇδι μουσόφθαρτον Ἀρέντᾳ Ξένῃ,
κραντῆρι λευκῷ τόν ποτ' ἔκτανε πτέλας.
ἐπόψεται δὲ τύρσιας Κηφηίδας
καὶ Λαφρόου λακτίσμαθ' Ἑρμαίου ποδὸς 835
δισσάς τε πέτρας, κέπφος αἷς προσήλατο
δαιτὸς χατίζων. ἀντὶ θηλείας δ' ἔβη
τὸν χρυσόπατρον μόρφνον ἁρπάσας γνάθοις,
τὸν ἡπατουργὸν ἄρσεν' ἀρβυλόπτερον.
πεφήσεται δὲ τοῦ θεριστῆρος ξυρῷ 840
φάλαινα δυσμίσητος ἐξινωμένη,
ἱπποβρότους ὠδῖνας οἴξαντος τόκων
τῆς δειρόπαιδος μαρμαρώπιδος γαλῆς·

triste o bastião do burgo, de onde o dendrirramo
dissipou suas parturientes contrações,
e o sepulcro de Gauas musimassacrado,
que a deusa Junco chora, Arenta hospitaleira,
morto por javali, por seu colmilho alvar.[132]
Observará o baluarte de Cefeu
e a depressão do pé divino de Hermes Láfrio
e a pedra dupla em que o petrel veio buscar
o de-comer. Mas, em lugar da moça, pilha
com sua bocarra o busardo de auriancestre,
viril retalha-fígado alicalçado.[133]
O monstro moribundo mórbido cairá
sob a segure de um segador que a ceifa,
facilitando o parto de um equinantropo
da gorjiparturial baleia olhimármore.[134]

---

[132] Menelau vai passar pelos rochedos de Tífon, na Cilícia; por Chipre (onde Afrodite petrificou uma velha que denunciou seu caso com Ares); pela região dos érembos (trogloditas do mar Vermelho); por Biblos, na Fenícia (a cidadela de Mirra) e pelo sepulcro de Adônis (Gauas). Aqui há uma alusão ao mito de Mirra e Adônis. Mirra teve relações com o próprio pai; arrependida, foi transformada em árvore, e de seus galhos nasceu Adônis. Afrodite se apaixonou por Adônis que, em uma caçada, foi morto por um javali. As Musas seriam responsáveis por sua morte, como vingança contra Afrodite (chamada pelos epítetos Junco e Arenta) por terem sido obrigadas a manter relações com os homens e os deuses.

[133] Menelau chega à Etiópia, terra do rei Cefeu, de sua esposa Cassiopeia e de sua filha Andrômeda, local onde Hermes faz brotar uma fonte de água ao pressionar o pé no solo. Alexandra faz referência ao mito de Perseu e Andrômeda: Cassiopeia vangloria-se de superar em beleza as Nereidas; como castigo, Posêidon envia contra a Etiópia um petrel e um monstro marinho. Cefeu, para proteger seu país, ouve do oráculo que deve destinar a filha, Andrômeda, ao monstro. Perseu ("auriancestre", pois foi gerado por Dânae e Zeus metamorfoseado em chuva de ouro) apaixona-se por Andrômeda e toma seu lugar diante do monstro.

[134] Perseu mata o monstro com o auxílio de suas sandálias aladas e

ὃς ζῳοπλαστῶν ἄνδρας ἐξ ἄκρου ποδὸς
ἀγαλματώσας ἀμφελυτρώσει πέτρῳ, 845
λαμπτηροκλέπτης τριπλανοῦς ποδηγίας.
Ἐπόψεται δὲ τοὺς θερειπότους γύας
καὶ ῥεῖθρον Ἀσβύσταο καὶ χαμευνάδας
εὐνάς, δυσόδμοις θηρσὶ συγκοιμώμενος.
καὶ πάντα τλήσεθ' οὕνεκ' Αἰγύας κυνὸς 850
τῆς θηλύπαιδος καὶ τριάνορος κόρης.
ἥξει δ' ἀλήτης εἰς Ἰαπύγων στρατόν,
καὶ δῶρ' ἀνάψει παρθένῳ Σκυλητρίᾳ
Ταμάσσιον κρατῆρα καὶ βοάγριον
καὶ τὰς δάμαρτος ἀσκέρας εὐμάριδας. 855
ἥξει δὲ Σῖριν καὶ Λακινίου μυχούς,
ἐν οἷσι πόρτις ὄρχατον τεύξει θεᾷ
Ὁπλοσμίᾳ φυτοῖσιν ἐξησκημένον.
γυναιξὶ δ' ἔσται τεθμὸς ἐγχώροις ἀεὶ
πενθεῖν τὸν εἰνάπηχυν Αἰακοῦ τρίτον 860
καὶ Δωρίδος, πρηστῆρα δαΐου μάχης,
καὶ μήτε χρυσῷ φαιδρὰ καλλύνειν ῥέθη,

Zooesculpindo homens a partir do pé,
ele os estatuava em vestimentas pétreas,
lampigatuno de suas guias triplerrantes.[135]
Verá as campinas bebiestivais e o curso
do Asbistes e, ao relento, sobre o chão, o leito
nausiodoroso dividido com as bestas.
É o que suportará pela cadela egia,
mulher trigâmica e mãe só de meninas.[136]
Errante, atinge a cidadela dos iapigas,
local em que depõe a copa de Tamaso,
o boviescudo e as sandálias bem forradas
da própria esposa em prol da virgem Despojante.[137]
Irá a Síris e às lonjuras de Lacínio,
onde a novilha erigirá à deusa Hoplita
um horto com arômatas seletos. Moças
da região adotarão o ritual
de prantear o novecôvado rebento
de Éaco e Dóris, tufão da tétrica refrega,
e não de embelezar com ouro os membros rútilos,

---

com a foice que lhe dera Hermes, o mesmo instrumento que havia decapi-
tado a Medusa. Esta, ao ser morta, deu à luz, através do pescoço, o cavalo Pégaso e Crisáor, filhos de Posêidon.

[135] Perseu ("lampigatuno") conseguira se apoderar da cabeça da
Górgona após ter roubado o único olho das três Graias, para que elas lhe
indicassem o caminho até a Medusa. Com a cabeça desta, petrifica o rei
Polidecto (que assediava Dânae) e o povo da ilha de Serifo.

[136] Alexandra retorna ao périplo de Menelau. Ele chega ao Egito,
onde ocorrem as cheias do Nilo (aqui chamado de Asbistes), e se disfarça
com malcheirosas peles de foca para espionar o rei Proteu e descobrir o
paradeiro de Helena (a "cadela egia", que teve três maridos, Menelau, Páris e Deífobo, e duas filhas, Hermíone e Ifigênia).

[137] O rei espartano ruma a oeste e chega à terra dos iapigas, no sudeste da Itália, onde deixa três oferendas a Atena (Despojante).

μήθ' ἁβροπήνους ἀμφιβάλλεσθαι πέπλους
κάλχῃ φορυκτούς, οὕνεκεν θεᾷ θεὸς
χέρσου μέγαν στόρθυγγα δωρεῖται κτίσαι.   865
ἥξει δὲ ταύρου γυμνάδας κακοξένους
πάλης κονίστρας, ὅν τε Κωλῶτις τεκνοῖ,
Ἀλεντία κρείουσα Λογγούρου μυχῶν,
Ἄρπης Κρόνου πήδημα Καγχείας θ' ὕδωρ
κάμψας, Γονοῦσάν τ' ἠδὲ Σικανῶν πλάκας,   870
καὶ θηροχλαίνου σηκὸν ὠμηστοῦ λύκου,
ὃν Κρηθέως ἄμναμος ὁρμίσας σκάφος
ἔδειμε πεντήκοντα σὺν ναυηγέταις.
κρόκαι δὲ Μινυῶν εὐλιπῆ στελγίσματα
τηροῦσιν, ἅλμης οὐδὲ φοιβάζει κλύδων   875
οὐδ' ὀμβρία σμήχουσα δηναιὸν νιφάς.
ἄλλους δὲ θῖνες οἵ τε Ταυχείρων πέλας
μύρμηκες αἰάζουσιν ἐκβεβρασμένους
ἔρημον εἰς Ἄτλαντος οἰκητήριον
θρυλιγμάτων δέρτροισι προσσεσηρότας·   880
Μόψον Τιταιρώνειον ἔνθα ναυβάται

nem de circunvestir a túnica sutil
e púrpura, pois uma deusa oferta à deusa,
para o cultivo, a enorme cúspide de um trato.[138]
Irá à arena inóspita, onde o touro se
prepara para a luta, filho de Colótis
de Ales, senhora das lonjuras de Longouros,
contorna a fonte Cônquia e o logradouro Foice
de Cronos e Gonusa, e os plainos dos sicanos,
e o altar do lobo carniceiro fericlâmide,
que o neto de Creteu, ao amarrar o barco,
edificou ao lado de cinquenta nautas.
O litoral mantém ainda aparas graxas
dos mínios. Não as limpa a ôndula marinha,
nem as deterge a intempérie de nevasca.[139]
As dunas e os escolhos de Formiga perto
de Tauquéria lamentam quem será cuspido
por vagalhões ao mar desértico de Atlas,
dilacerados por fragmentos agulhantes.[140]
Foi onde os marinheiros sepultaram Mopsos

---

[138] Em seguida vai até Síris, cidade próxima de Crotona, e ao cabo Lacínio, onde Tétis (novilha) ofereceu um bosque sagrado a Hera (Hoplita). No local, uma vez por ano, as mulheres de Crotona lamentam a morte de Aquiles ("novecôvado", descendente de Éaco e Dóris), sem ostentar ouro ou roupas insinuantes, em respeito à Tétis, mãe de Aquiles.

[139] Menelau chega a Sicília e vai ao monte Érix, cujo nome se originou do filho de Afrodite e do argonauta Bute, Érix (touro), que desafiava para lutar com ele todos os que chegavam ao local (Colótis de Ales e senhora dos Longouros são epítetos de Afrodite). Passa por Cônquia e Gonusa, na Sicília, e chega à ilha de Elba (Etália), onde o neto de Creteu, Jasão, construiu um altar consagrado a Héracles ("lobo carniceiro") com a ajuda dos Argonautas. Segundo a lenda, os Argonautas (mínios) teriam esfregado na pele as pedras do local, causando a descoloração que até hoje se observa nelas.

[140] Mencionando escolhos junto à superfície do mar (denominados

θανόντα ταρχύσαντο, τυμβείαν δ᾽ ὑπὲρ
κρηπῖδ᾽ ἀνεστήλωσαν Ἀργῷου δορὸς
κλασθὲν πέτευρον, νερτέρων κειμήλιον,
Αὔσιγδα Κινύφειος ᾗ τέγγων ῥόος   885
νασμοῖς λιπαίνει, τῷ δὲ Νηρέως γόνῳ
Τρίτωνι Κολχὶς ὤπασεν δάνος γυνὴ
χρυσῷ πλατὺν κρατῆρα κεκροτημένον,
δείξαντι πλωτὴν οἶμον, ᾗ διὰ στενῶν
μύρμων ἐνήσει Τῖφυς ἄθραυστον σκάφος.   890
Γραικοὺς δὲ χώρας τουτάκις λαβεῖν κράτη
θαλασσόπαις δίμορφος αὐδάζει θεός,
ὅταν παλίμπουν δῶρον ἄγραυλος λεὼς
Ἕλλην᾽ ὀρέξῃ νοσφίσας πάτρας Λίβυς.
εὐζὰς δὲ δειμαίνοντες Ἀσβύσται κτέαρ   895
κρύψουσ᾽ ἄφαντον ἐν χθονὸς νειροῖς μυχοῖς,
ἐν ᾗ Κυφαίων δύσμορον στρατηλάτην
ναύταις συνεκβράσουσι Βορραῖαι πνοαί,
τόν τ᾽ ἐκ Παλαύθρων ἔκγονον Τενθρηδόνος,
Ἀμφρυσίων σκηπτοῦχον Εὐρυαμπίων,   900
καὶ τὸν δυνάστην τοῦ πετρωθέντος λύκου
ἀποινοδόρπου καὶ πάγων Τυμφρηστίων.

titeroneu, erguendo no sopé da tumba
a lápide com ripa rota do navio
Argo, relíquia que os defuntos apreciam,
onde o fluxo do Cínifo fecunda a Ausigda
e a irriga de torrente.[141] Ao filho de Nereu,
Tritão, uma mulher colquídea doa o dom
de uma cratera enorme aurilavrada após
a indicação da rota reta entre recifes
por onde Tífis conduziu o esquife íntegro.
E o deus biforme infantalássio informará
que os gregos hão de ter domínio do país
tão logo o agreste povo líbio retroferte
a um heleno o dom, distando-o de seu lar.[142]
Temendo o vaticínio, asbistas hão de pôr
na terra turva o bem, onde o boreal ressopro
refugará o general cifeu sem sorte,
com seus marujos fiéis, e o filho de Tentrêdon,
da estirpe dos palautros, portador do cetro
de anfrísios euriâmpios e senhor do lobo
petrificado por ter devorado as vítimas
expiatórias, rei nos píncaros tinfréstios.[143]

Formiga, na Tessália), Alexandra muda o foco narrativo para o naufrágio
dos Argonautas tessálios na Líbia (Tauquéria era uma cidade local).

[141] Na Líbia, junto à Ausigda e ao rio Cínifo, Mopsos (um dos Argonautas, adivinho de Apolo) é enterrado num túmulo feito com pedaços
do navio Argo.

[142] Medeia oferece a Tritão uma cratera por ele ter indicado a Tífis
(timoneiro do Argo) o trajeto a ser percorrido pelos Argonautas. O deus
biforme que morava no mítico lago Tríton, na Líbia, prevê que os gregos
dominarão o local se os líbios entregarem o presente a eles.

[143] Os líbios (asbistas) escondem a cratera, e três Argonautas nau-
fragam na costa da região: Guneu (de Cifo), Prótoo (filho de Tentrêdon,

ὧν οἱ μὲν Αἰγώνειαν ἄθλιοι πάτραν
ποθοῦντες, οἱ δ᾽ Ἐχῖνον, οἱ δὲ Τίταρον
Ἱρόν τε καὶ Τρηχῖνα καὶ Περραιβικὴν 905
Γόννον Φάλανναν τ᾽ ἠδ᾽ Ὀλοσσόνων γύας
καὶ Κασταναίαν, ἀκτέριστον ἐν πέτραις
αἰῶνα κωκύσουσιν ἠλοκισμένοι.
ἄλλην δ᾽ ἐπ᾽ ἄλλῃ κῆρα κινήσει θεός,
λυγρὴν πρὸ νόστου συμφορὰν δωρούμενος. 910
τὸν δ᾽ Αἰσάρου τε ῥεῖθρα καὶ βραχύπτολις
Οἰνωτρίας γῆς κεγχρίνῃ βεβρωμένον
Κρίμισα φιτροῦ δέξεται μιαιφόνον·
αὐτὴ γὰρ ἄκραν ἄρδιν εὐθυνεῖ χεροῖν
σάλπιγξ ἀποψάλλουσα Μαιώτην πλόκον· 915
Δύρα παρ᾽ ὄχθαις ὅς ποτε φλέξας θρασὺν
λέοντα ῥαιβῷ χεῖρας ὥπλισε Σεύθῃ
δράκοντ᾽ ἀφύκτων γομφίων λυροκτύπῳ.
Κρᾶθις δὲ τύμβους ὄψεται δεδουπότος,
εὐρὰξ Ἀλαίου Παταρέως ἀνακτόρων, 920
Ναύαιθος ἔνθα πρὸς κλύδων᾽ ἐρεύγεται.

116

Desventurados! Rememorarão a pátria
Egônea, Équinos, Traquínia, além de Iros,
além de Títaros e da Gonó perrébica,
assim como Falana e os campos olosones
e Castanea, seu destino sem exéquias
lamentarão dilacerados por rochedos.[144]
E o deus há de mover desgraças sucessivas,
oferecendo-lhes revés, e não a volta.
As correntes do Esaros e um pequeno burgo
enótrio, Crímisa, o acolherão, comido
pela cerasta, a ele, o algoz de um tição.[145]
Pois ela mesma, a Trompetista, vibra a corda
meotiana quando aponte o fio da flecha.
Ele pôs fogo certa vez, à beira-Diras,
no lúgubre leão, munindo as próprias mãos
com serpe cita curva de molares duros.[146]
O som era da lira. Morto, Crátis há
de ver sua tumba rente ao templo do Errante
Patareu. Ôndulas do Náueto ecoam.

---

da Magnésia) e Eurípilo (senhor de terras no monte Tínfresto, onde Tétis petrificara o lobo que comera o rebanho oferecido por Peleu a Acastos).

[144] Os três lamentarão seu destino, rememorando locais da Tessália de origem: Egônea, Équinos e Iros (no golfo Malíaco), Traquínia (cidade junto ao monte Eta), o monte Títaros e Gonó (no norte da região), Falana (Orté), Olosone (ao sul do Olimpo) e Castanea (cidade da Magnésia).

[145] A narrativa volta-se para a história de outro herói grego, Filoctetes (picado pela cobra e assassino do "tição alado" Páris em Troia), que chega ao rio Esaros e à cidade de Crímisa, em Cortona (segundo outra versão, a da *Odisseia*, III, 401-2, o herói teria se dirigido a Tessália).

[146] O arco cita e as flechas de Filoctetes, abençoados por Atena (Trompetista), foram herdados de Héracles (lúgubre leão), após este ter pedido ao herói que o incinerasse junto ao rio Diras, na Trácia.

κτενοῦσι δ' αὐτὸν Αὔσονες Πελλήνιοι
βοηδρομοῦντα Λινδίων στρατηλάταις,
οὓς τῆλε Θερμύδρου τε Καρπάθου τ' ὀρῶν
πλάνητας αἴθων Θρασκίας πέμψει κύων,   925
ξένην ἐποικήσοντας ὀθνείαν χθόνα.
ἐν δ' αὖ Μακάλλοις σηκὸν ἔγχωροι μέγαν
ὑπὲρ τάφων δείμαντες, αἰανῆ θεὸν
λοιβαῖσι κυδανοῦσι καὶ θύσθλοις βοῶν.
ὁ δ' ἱπποτέκτων Λαγαρίας ἐν ἀγκάλαις,   930
ἔγχος πεφρικὼς καὶ φάλαγγα θουρίαν,
πατρῷον ὅρκον ἐκτίνων ψευδώμοτον,
ὃν ἀμφὶ μήλων τῶν δορικτήτων τάλας
πύργων Κομαιθοῦς συμπεφυρμένων στρατῷ
στεργοξυνεύνων οὕνεκεν νυμφευμάτων   935
Ἀλοῖτιν ἔτλη τὴν Κυδωνίαν Θρασὼ
ὁρκωμοτῆσαι τόν τε Κρηστώνης θεὸν
Κανδάον' ἢ Μάμερτον ὁπλίτην λύκον,

Algozes seus serão ausônios em Pelene,
quando se apresse em dar auxílio a chefes líndios.
O ardente perro trácio guiará os últimos
das montanhas de Cárpatos e de Termidros,
para ocuparem a paragem alienígena.
Os íncolas de Mácala edificarão
um santuário em seu sepulcro. A um sempiterno,
como se fosse, renderão honores sacros.[147]
O artífice de equino habitará um braço
da Lagária, temendo o pique e a horda hórrida,
pagando a pena de seu pai que perjurara:[148]
pela conquista do rebanho à lança triste,
teve a ousadia de invocar Cidônia Audaz
Vingadora e também o numinoso Créston,
Mamertos ou Candáon, o lupino hoplita:
o exército saqueara as torres de Comaita
por causa do esponsal ansiado.[149] No interior

---

[147] Filoctetes será enterrado junto ao templo de Apolo (Errante), próximo ao rio Crátis, em Síbaris (cf. Heródoto, II, 145), e ao rio Náueto. Filoctetes é morto em Pelene pelos antigos colonos da região (os ausônios) ao defender os novos povoadores, vindos da ilha de Cárpatos e do porto de Termidros, em Lindos (Rodes). Os líndios chegaram ali guiados pelo gélido vento norte (aqui referido, por oximoro, como "ardente cão da Trácia"). Em Mácala, na Itália, colonos fundam um culto em homenagem a Filoctetes.

[148] Alexandra passa a narrar a história de Epeu, construtor do cavalo de Troia, que chega à Lagária, no sul da Itália. A natureza anti-heroica de Epeu decorre do perjúrio cometido por seu pai, Panopeu, contra Atena (Cidônia Vingadora Audaz) e Ares (divindade de Créston, Mamertos, Candáon, lobo hoplita), quando Panopeu ocultou dos deuses o butim recolhido por ele durante a guerra que Anfitríon travara contra os táfios e seu rei Pterelau.

[149] A vitória de Anfitríon ocorre graças a Comaita, a filha de Pterelau, que corta os cabelos dourados do pai e os entrega ao agressor, assegurando-lhe invencibilidade. Registre-se a ambiguidade do verso 935 do

ὁ μητρὸς ἐντὸς δελφύος στυγνὴν μάχην
στήσας ἀραγμοῖς πρὸς κασίγνητον χεροῖν,   940
οὔπω τὸ Τιτοῦς λαμπρὸν αὐγάζων φάος
οὐδ᾽ ἐκφυγὼν ὠδῖνας ἀλγεινὰς τόκων.
τοιγὰρ πόποι φύξηλιν ἤνδρωσαν σπόρον,
πύκτην μὲν ἐσθλόν, πτῶκα δ᾽ ἐν κλόνῳ δορός,
καὶ πλεῖστα τέχναις ὠφελήσαντα στρατόν·   945
ὃς ἀμφὶ Κῖριν καὶ Κυλιστάνου γάνος
ἔπηλυς οἴκους τῆλε νάσσεται πάτρας,
τὰ δ᾽ ἐργαλεῖα, τοῖσι τέτρηνας βρέτας
τεύξει ποτ᾽ ἐγχώροισι μέρμερον βλάβην,
καθιερώσει Μυνδίας ἀνακτόροις.   950
ἄλλοι δ᾽ ἐνοικήσουσι Σικανῶν χθόνα,
πλαγκτοὶ μολόντες, ἔνθα Λαυμέδων τριπλᾶς
ναύταις ἔδωκε Φοινοδάμαντος κόρας,
ταῖς κητοδόρποις συμφοραῖς δεδηγμένος,
τηλοῦ προθεῖναι θηρσὶν ὠμησταῖς βορὰν   955
μολόντας εἰς γῆν ἕσπερον Λαιστρυγόνων,
ὅπου συνοικεῖ δαψιλὴς ἐρημία.

do ventre de sua mãe travou batalha estígia,
sonoros socos desferindo em seu irmão,
antes de vislumbrar a clara luz de Tito
e de escapar das contrações parturiais.
Não por outro motivo os deuses fazem dele
fujão, bom pugilista, mas poltrão hoplita,
um artesão bastante útil para o exército.
Sua morada, erigirá no exílio à beira
do Críis, junto à correnteza do Cilístanos.
As ferramentas com as quais moldando a estátua
arruinará quem mora em minha cidadela,
consagrará aos santuários da Mindiana.[150]
Outros hão de habitar a terra de Sicanos,
arribando erramundos onde Laomedonte,
no horror de doá-las ao festim voraz-cetáceo,
três filhas de Fenodamante entrega aos nautas
a fim de expô-las, longe, a feras esfaimadas,
na região do entardecer dos Lestrigões,
local da habitação da infinda solidão.[151]

---

original, que tanto pode se referir a Comaita, apaixonada por Anfitríon, quanto a Alcmena, pois é a pedido desta última que Anfitríon deflagra a guerra contra os táfios.

[150] A desonra de Panopeu começa já no ventre materno, quando tem de lutar com o irmão gêmeo Crisos para ver a luz da Aurora (Tito), provindo daí a covardia e os dotes pugilísticos do filho Epeu. Longe de sua pátria, este se estabelece à beira dos rios Críis e Cilístanos, no golfo de Tarento, e oferece a Atena (Mindiana) as ferramentas que usou para construir o cavalo de madeira que destruiu Troia.

[151] Alexandra passa a falar de uma primeira colonização grega no oeste da Sicília (terra de Sicanos), anterior à guerra de Troia, derivada do mito de Laomedonte e do monstro marinho enviado por Posêidon para destruir Troia (já referido nos versos 470-2): como Fenodamante nega o sacrifício das três filhas ao monstro, Laomedonte as envia para longe, até

αἱ δ' αὖ παλαιστοῦ μητέρος Ζηρυνθίας
σηκὸν μέγαν δείμαντο, δωτίνην θεᾷ,
μόρον φυγοῦσαι καὶ μονοικήτους ἕδρας,   960
ὧν δὴ μίαν Κριμισός, ἰνδαλθεὶς κυνί,
ἔζευξε λέκτροις ποταμός· ἡ δὲ δαίμονι
τῷ θηρομίκτῳ σκύλακα γενναῖον τεκνοῖ,
τρισσῶν συνοικιστῆρα καὶ κτίστην τόπων.
ὃς δὴ ποδηγῶν πτόρθον Ἀγχίσου νόθον   965
ἄξει τρίδειρον νῆσον εἰς ληκτηρίαν,
τῶν Δαρδανείων ἐκ τόπων ναυσθλούμενον.
Αἰγέστα τλῆμον, σοὶ δὲ δαιμόνων φραδαῖς
πένθος μέγιστον καὶ δι' αἰῶνος πάτρας
ἔσται πυρὸς ῥιπαῖσιν ἠθαλωμένης.   970
μόνη δὲ πύργων δυστυχεῖς κατασκαφὰς
νήπαυστον αἰάζουσα καὶ γοωμένη
δαρὸν στενάξεις. πᾶς δὲ λυγαίαν λεὼς
ἐσθῆτα προστρόπαιον ἐγχλαινούμενος
αὐχμῷ πινώδης λυπρὸν ἀμπρεύσει βίον.   975
κρατὸς δ' ἄκουρος νῶτα καλλυνεῖ φόβη,
μνήμην παλαιῶν τημελοῦσ' ὀδυρμάτων.

As moças construíram para a mãe Zeríntia
do pugilista um templo enorme, por livrá-lo
da moira e do rincão monorresidencial.[152]
Sob a forma de cão, o rio Crimiso sobe
ao leito de uma delas. Um cachorro nobre
gerou para o demônio semibestial,
o fundador que edificara três cidades.
Será o tutor dos passos da prole bastarda
de Anquises nas lonjuras da ilha de três nucas,
depois de bordejar a região dardânia.
Egesta nada-egrégia! Por desígnio divo,
o luto há de durar eternamente. O afã
do fogo encinza a pátria que antes existira.[153]
Sozinha, as torres sob escombros do revés,
pranteias delongadamente, ululas, gemes,
sem refrear-te. A gente, toda gente em lúgubres
paramentos que soem vestir os suplicantes,
sob a aridez do pó, conduz vivência torpe.
Intonsa, a trança tomba ornamentando os ombros,
mantendo na memória as lágrimas de outrora.[154]

---

a Sicília (cf. *Eneida*, I, 550), terra dos Lestrigões (que nesta versão ocuparam Leontinoi, e não a região sul do Lácio).

[152] Ali as moças edificam um templo a Afrodite (Zeríntia, a mãe do "pugilista" Érix).

[153] Egesta, uma das três jovens, une-se ao deus-rio Crimiso, metamorfoseado em cão. Egeste (ou Aceste, segundo a *Eneida*) é o nome de seu filho, que funda as cidades de Segesta, Érix e Entela. Após lutar em Troia, ele conduzirá um filho de Anquises (Elimo, "prole bastarda", irmão de Eneias) ao extremo oeste da Sicília ("ilha de três nucas").

[154] A população de Segesta (Egesta) lamentará para sempre a queda de Troia: usarão roupas negras, e as mulheres, em respeito ao destino da cidade, manterão longos os seus cabelos.

πολλοὶ δὲ Σῖριν ἀμφὶ καὶ Λευταρνίαν
ἄρουραν οἰκήσουσιν, ἔνθα δύσμορος
Κάλχας ὀλύνθων Σισυφεὺς ἀνηρίθμων   980
κεῖται, κάρα μάστιγι γογγύλῃ τυπείς,
ῥείθροισιν ὠκὺς ἔνθα μύρεται Σίνις,
ἄρδων βαθεῖαν Χωνίας παγκληρίαν.
πόλιν δ' ὁμοίαν Ἰλίῳ δυσδαίμονες
δείμαντες, ἀλγυνοῦσι Λαφρίαν κόρην   985
σάλπιγγα, δῃώσαντες ἐν ναῷ θεᾶς
τοὺς πρόσθ' ἔδεθλον Ξουθίδας ᾠκηκότας.
γλήναις δ' ἄγαλμα ταῖς ἀναιμάτοις μύσει,
στυγνὴν Ἀχαιῶν εἰς Ἰάονας βλάβην
λεῦσσον φόνον τ' ἔμφυλον ἀγραύλων λύκων,   990
ὅταν θανὼν λήταρχος ἱρείας σκύλαξ
πρῶτος κελαινῷ βωμὸν αἱμάξῃ βρότῳ.
ἄλλοι δὲ πρῶνας δυσβάτους Τυλησίους
λίνου θ' ἁλισμήκτοιο δειραίαν ἄκραν
Ἀμαζόνος σύγκληρον ἄρσονται πέδον,   995
δούλης γυναικὸς ζεῦγλαν ἐνδεδεγμένοι,
ἣν χαλκομίτρου θῆσσαν ὀτρηρῆς κόρης

Muitos circum-habitam Síris e as campinas
leutárnias, onde o moiramara Calcas, Sísifo
de inumeráveis figos, jaz, ferido à testa
por látego redondo, onde o Sínis rápido
reflui o fluxo das correntes, irrigando
a baixa leiva de Conia.[155] Amarimoiras,
construindo cidadela similar a Ílion,
afligirão a virgem Láfria Trompetista,
onde exterminam no interior do templo divo
os prévios ocupantes desse sítio: os xútidas.
A estátua cerrará os párpados exangues,
ao ver sevícia estígia que os aqueus impingem
nos jônios, como o fratricídio de acres lobos,
quando o cachorro da sacerdotisa, grão-
-ministro, agonizante, imunde o altar de sangue.[156]
Outros, nos píncaros de escarpas tilesianas
e no coleante cimo da salino Lino,
anexarão o solo outrora da Amazona,
dóceis ao jugo de uma escrava, conduzida
por ôndulas errantes a um país estranho,

---

[155] Alexandra passa a falar da colonização grega no golfo de Tarento, nas cidades de Síris (já mencionada no verso 856) e Leutárnia. Ali foi
enterrado Calcas (provável alusão metafórica ao adivinho homérico) que,
ao acertar o número de figos contidos numa árvore, zomba de Héracles e
é morto por ele. Sísifo aparece como representação da astúcia. O rio Síris
(aqui referido como Sínis) banhava a cidade de mesmo nome e a região vizinha de Conia (que teria sido originalmente colonizada por troianos).

[156] Em uma terceira onda migratória, os aqueus, ao chegarem a Síris, matam os colonizadores anteriores, os jônios (xútidas), no templo de
Atena (Láfria Trompetista). O Paládio de Síris fecha os olhos diante do
massacre, assim como ocorreu com a estátua de Atena em Troia (cf. versos 361-2). O caráter terrível do confronto é ainda maior por ter ocorrido entre raças de mesma origem (os "lobos" gregos). O sacerdote do templo é o primeiro a morrer.

πλανῆτιν ἄξει κῦμα πρὸς ξένην χθόνα.
ἧς ἐκπνεούσης λοῖσθον ὀφθαλμὸς τυπεὶς
πιθηκομόρφῳ πότμον Αἰτωλῷ φθόρῳ 1.000
τεύξει τράφηκι φοινίῳ τετμημένῳ.
Κροτωνιᾶται δ' ἄστυ πέρσουσίν ποτε
Ἀμαζόνος, φθέρσαντες ἄτρομον κόρην
Κλήτην, ἄνασσαν τῆς ἐπωνύμου πάτρας.
πολλοὶ δὲ πρόσθεν γαῖαν ἐκ κείνης ὀδὰξ 1.005
δάψουσι πρηνιχθέντες, οὐδ' ἄτερ πόνων
πύργους διαρραίσουσι Λαυρήτης γόνοι.
οἱ δ' αὖ Τέρειναν, ἔνθα μυδαίνει ποτοῖς
Ὠκίναρος γῆν, φοῖβον ἐκβράσσων ὕδωρ,
ἄλῃ κατοικήσουσι κάμνοντες πικρᾷ. 1.010
τὸν δ' αὖ τὰ δευτερεῖα καλλιστευμάτων
λαβόντα, καὶ τὸν ἐκ Λυκορμαίων ποτῶν
στρατηλάτην σῦν, καρτερὸν Γόργης τόκον,
τῇ μὲν Λίβυσσαν ψάμμον ἄξουσι πνοαὶ
Θρῇσσαι ποδωτοῖς ἐμφορούμεναι λίνοις, 1.015

serva da virgem ágil de cintura brônzea,
de quem, exânime, o olho há de ter a sina
igual à do macacoforme torpe etólio
que o agride, perfurado pela estaca rubra.[157]
Um dia os crotoníates devastarão
o burgo da Amazona, após matar a intrépida
donzela Cleta, líder do rincão epônimo,
mas antes muitos que ela derribou de borco
irão abocanhar a terra e, não sem dor,
pósteros de Laurete arrasarão as torres.[158]
Outros Terina, onde Ocínaro, manando
a fonte cristalina, irriga a terra, hão
de ocupar, fatigados do amargor das vagas.[159]
O vicegalardoado por beleza extrema
e, proveniente da ribeira do Licormas,
o líder javali, o filho ás de Gorge,
aos dois à areia líbia levarão os ventos
trácios inflando o linho da bolina[160] e, após,

---

[157] Alguns gregos errantes alcançarão a região de Cleta, local anteriormente colonizado pela Amazona de mesmo nome (Tilesos e Lino são locais não identificados da região). Cleta foi serva de Pentesileia, a bela Amazona morta em Troia por Aquiles. Na ocasião, Tersites (o "torpe etólio") perfurou os olhos do cadáver de Pentesileia com uma "estaca rubra" e, por ter desrespeitado o corpo da "virgem ágil", foi por sua vez morto pela lança de Aquiles.

[158] A cidade de Cleta, identificada com a Caulônia (Cáulon era filho de Cleta), será devastada pelos filhos de Croton e sua mulher Laurete. A "donzela Cleta" era descendente da Amazona fundadora da cidade.

[159] Outros, também provenientes de Crotona, colonizarão Terina, cidade no golfo de Santa Eufemia junto ao rio Ocínaro (onde foi enterrada a Sereia Ligeia, cf. versos 726-7).

[160] A narrativa volta-se a dois gregos que retornam de Troia: Nireu, que só perdia em beleza para Aquiles (cf. *Ilíada*, II, 671), e o etólio Toas

127

τῇ δ' ἐκ Λιβύσσης αὖθις ἐμπίπτων νότος
εἰς Ἀργυρίνους καὶ Κεραυνίων νάπας
ἄξει βαρεῖ πρηστῆρι ποιμαίνων ἅλα.
ἔνθα πλανήτην λυπρὸν ὄψονται βίον
Λακμωνίου πίνοντες Αἴαντος ῥοάς.   1.020
Κρᾶθις δὲ γείτων ἠδὲ Μυλάκων ὅροις
χῶρος συνοίκους δέξεται Κόλχων Πόλαις,
μαστῆρας οὓς θυγατρὸς ἔστειλεν βαρὺς
Αἴας Κορίνθου τ' ἀρχός, Εἰδυίας πόσις,
τὴν νυμφαγωγὸν ἐκκυνηγετῶν τρόπιν,   1.025
οἳ πρὸς βαθεῖ νάσσαντο Διζηροῦ πόρῳ.
ἄλλοι δὲ Μελίτην νῆσον Ὀθρωνοῦ πέλας
πλαγκτοὶ κατοικήσουσιν, ἣν πέριξ κλύδων
ἔμπλην Παχύνου Σικανὸς προσμάσσεται,
τοῦ Σισυφείου παιδὸς ὀχθηρὰν ἄκραν   1.030
ἐπώνυμόν ποθ' ὑστέρῳ χρόνῳ γράφων
κλεινόν θ' ἵδρυμα παρθένου Λογγάτιδος,
Ἕλωρος ἔνθα ψυχρὸν ἐκβάλλει ποτόν.

tombando no retorno, o Noto os norteará
até Argirinos, rumo às várzeas dos Cerâunios,
vento que pasce o mar com o ciclone atroz,
onde verão a vida que se entrista ao léu,
bebendo na corrente Eante do Lacmôn.[161]
Crátis vizinho e os mílaces nos seus confins
acolhem-nos em Pola, junto aos mesmos colcos
que à procura da filha enviou o duro príncipe
de Ea e de Corinto, cônjuge de Eidia,
matilhacuador da quilha porta-noiva.
Sua habitação circunda o Dízeros profundo.[162]
Outros aportam na ilha Mélite, à deriva,
junto de Otronos, ao redor da qual ribomba
a ôndula sicana, próxima de Páquinos,
assinalando o promontório a ser homônimo
do rebento de Sísifo, um dia, e célebre
construto sacro de Longátis, a Partênia.
É onde o Héloros rejeita as águas gélidas.[163]

(ou Toante), filho de Gorge (cf. verso 780). Licormas (ou Eveno) era um
rio da Etólia. Nireu e Toas chegam à Líbia levados pelo vento norte.

[161] Após conduzirem-nos à costa líbia, os ventos levam Nireu e Toas
para o Épiro, na Grécia, local onde habitavam os argirinos. Ali se estabe-
lecerão junto aos montes Cerâunios e ao rio Aias (Eante), que escoa do
monte Lacmôn.

[162] Os dois são acolhidos na cidade de Pola, na Ilíria, colonizada pelos colcos, na região do rio Crátis e do povo iliriano dos mílaces. O local
foi colonizado quando Eetes, príncipe de Ea (cidade cólquida) e de Corinto, pai de Medeia, enviou um contingente à procura do Argo, navio em
que sua filha viajava. Dízeros é um rio não identificado da região.

[163] Após passar por Otronos, ilha próxima da Córcira, outros gregos ocupam a ilha de Malta (Mélite), situada ao sul do promontório de
Páquinos, no sudeste da Sicília. A ponta extrema do Páquinos é nomeada
cabo Odisseu (o "rebento de Sísifo", cf. verso 344), local em que havia um
importante templo a Atena (Longátis, Partênia), junto ao rio Héloros.

Παπποκτόνος δ' Ὀθρωνὸν οἰκήσει λύκος,
τηλοῦ πατρῷα ῥεῖθρα Κοσκύνθου ποθῶν.　　　1.035
ὃς ἐν θαλάσσῃ χοιράδων βεβὼς ἔπι
ῥήτρας πολίταις τὰς στρατοπλώτους ἐρεῖ.
χέρσου πατρῴας οὐ γὰρ ἂν φονῇ ποσὶ
ψαῦσαι, μέγαν πλειῶνα μὴ πεφευγότα,
δίκης ἐάσει τάρροθος Τελφουσία　　　1.040
Λάδωνος ἀμφὶ ῥεῖθρα ναίουσα σκύλαξ.
ὅθεν, πεφευγὼς ἑρπετῶν δεινὴν μάχην
δρακοντομόρφων, εἰς Ἀμαντίαν πόλιν
πλώσει, πέλας δὲ γῆς Ἀτιντάνων μολών,
Πράκτιν παρ' αὐτὴν αἰπὺ νάσσεται λέπας,　　　1.045
τοῦ Χαονίτου νᾶμα Πολυάνθους δρέπων.
ὁ δ' Αὐσονείων ἄγχι Κάλχαντος τάφων,
δυοῖν ἀδελφοῖν ἄτερος, ψευδηρίων
ξένην ἐπ' ὀστέοισιν ὀγχήσει κόνιν.
δοραῖς δὲ μήλων τύμβον ἐγκοιμωμένοις　　　1.050
χρήσει καθ' ὕπνον πᾶσι νημερτῆ φάτιν,
νόσων δ' ἀκεστὴς Δαυνίοις κληθήσεται,
ὅταν κατικμαίνοντες Ἀλθαίνου ῥοαῖς
ἀρωγὸν αὐδήσωσιν Ἠπίου γόνον
ἀστοῖσι καὶ ποίμναισι πρευμενῆ μολεῖν.　　　1.055

O lobo avoengoalgoz habitará Otronos,
saudoso do Coscinto e do longínquo solo
pátrio: no mar, em pé no escolho, aos cidadãos
proferirá arenga sobre a nau-tropel,
pois que homicida pôr os pés em solo ancestre,
sem ter cumprido longo exílio, a paladina
da justiça, a telfúsia perra moradora
nas margens das correntes do Ladôn rejeita.[164]
Em fuga da batalha atroz com serpes dragui-
formes, navegará dali até Amântia.
Nas cercanias das paragens dos atíntanes,
perto de Práctis, morará na penha íngreme,
colhendo as poliflóreas ôndulas caônias.[165]
Da dupla irmã, um, margeando o cenotáfio
ausônio do Calcante, há de suportar
a poeira estrangeira a comprimir-lhe os ossos.
A quem dormir em seu sepulcro sob o velo
ovelhum, diz a todos a verdade, oníricos.
Dâunios o denominarão aplaca-dores,
quando, imergindo no regato Alteno, roguem
ao filho de Épio auxílio para socorrer
os íncolas e seu armento.[166] O luzidio

---

[164] Outro grego egresso de Troia, Elefénor, se recolhe na ilha de Otronos, onde Deméter (Telfúsia) era adorada, por ter matado por engano seu avô Abante. Saudoso da Eubeia, sua pátria, e perseguido pelas Erínias, é obrigado a cumprir o exílio de um ano no local.

[165] Ainda fugindo das Erínias, Elefénor chega à região dos Atíntanes, junto ao monte Práctis, em Amântia, no Épiro.

[166] "Dupla irmã": os curandeiros Podalire e Macáon, filhos de Asclépio ("Épio"). Após passar pelo túmulo de Calcas (cf. versos 980-1), Podalire morre na Dâunia. Ali, no sopé da colina Drion, um santuário é dedicado a ele; os habitantes da região acreditavam que as águas do rio Alteno, graças a seu corpo enterrado, tinham propriedades medicinais.

ἔσται ποτὲ πρεσβεῦσιν Αἰτωλῶν φάος
ἐκεῖ γοηρὸν καὶ πανέχθιστον φανέν,
ὅταν Σαλάγγων γαῖαν Ἀγγαίσων θ' ἕδη
μολόντες αἰτίζωσι κοιράνου γύας,
ἐσθλῆς ἀρούρης πῖαρ ἔγκληρον χθονός.   1.060
τοὺς δ' εἰς ἐρεμνὸν ζῶντας ὠμησταὶ τάφον
κρύψουσι κοίλης ἐν μυχοῖς διασφάγος.
τοῖς δ' ἀκτέριστον σῆμα Δαυνῖται νεκρῶν
στήσουσι χωστῷ τροχμάλῳ κατηρεφές,
χώραν διδόντες, ἥν περ ἔχρῃζον λαβεῖν,   1.065
τοῦ κρατοβρῶτος παιδὸς ἄτρεστου κάπρου.
τῶν Ναυβολείων δ' εἰς Τέμεσσαν ἐγγόνων
ναῦται καταβλώξουσιν, ἔνθα Λαμπέτης
Ἱππωνίου πρηῶνος εἰς Τηθὺν κέρας
σκληρὸν νένευκεν. ἀντὶ δὲ Κρίσης ὅρων   1.070
Κροτωνιᾶτιν ἀντίπορθμον αὔλακα
βοῶν ἀροτρεύσουσιν ὁλκαίῳ πτερῷ,
πάτραν Λίλαιαν κἀνεμωρείας πέδον
ποθοῦντες Ἄμφισσάν τε καὶ κλεινὰς Ἄβας.

adverso um dia luzirá ali e o pranto
aos núncios dos etólios, quando, entre os salângios
chegando e junto à sede dos angeses, venham
reivindicar a leiva de seu líder, gleba
pingue cimeira, sua herança no país.[167]
No breu da tumba, no oco de uma fenda funda,
os carniceiros os ocultarão, vivendo.
Os dâunios erguerão estela sem exéquias,
abobadando-a com os seixos, pelos mortos,
doando-lhes a gleba que sonhavam ter,
do filho do javardo comedor de cérebro.[168]
Quanto aos herdeiros nauboleus, será em Têmesa
que aportam seus marujos. Pende ao mar lampétio
o corno áspero, dos píncaros do Hípico.
Em lugar de campinas crisas, é a leiva
crotoniata situada às antípodas
do golfo que ararão com vômer que o boi puxa,
lamentando Lilea pátria e a planície
Anemoreia, Anfissa e a gloriosa Abas.[169]

---

[167] A narrativa passa aos etólios. Estes, ao chegarem a Dâunia, terra dos salângios e dos angeses, para reivindicar as posses de Diomedes, seu chefe (cf. verso 623), sofrerão um duro revés.

[168] Os etólios são enterrados vivos na terra prometida a Diomedes, que era filho de Tideu (o javardo) e Deipile. Em história ligada a *Sete contra Tebas*, de Ésquilo, o rei de Argos, Adrasto, casa suas filhas com Tideu e Polinices, os dois integrantes do grupo de príncipes que avança contra Tebas. Na guerra, Tideu mata Melanipo, defensor de um dos portões da cidade, e come seu cérebro.

[169] Os fócidos Epístrofo e Esquédio, descendentes de Náubolo (cf. *Ilíada*, II, 517-26), desembarcam em Têmesa, entre Lampétia e o promontório hipônio (chamado aqui de "píncaros do Hípico", ponta do golfo de Santa Eufemia). Eles lamentam a distância de seus locais de origem, como Crisas, Lilea, Anemoreia, Anfissa e Abas.

Σήταια τλῆμον, σοὶ δὲ πρὸς πέτραις μόρος   1.075
μίμνει δυσαίων, ἔνθα γυιούχοις πέδαις
οἴκτιστα χαλκείῃσιν ὠργυιωμένη
θανῇ, πυρὶ φλέξασα δεσποτῶν στόλον,
ἔκβλητον αἰάζουσα Κράθιδος πέλας
τόργοισιν αἰώρημα φοινίοις δέμας.   1.080
σπιλὰς δ᾽ ἐκείνη σῆς φερώνυμος τύχης
πόντον προσαυγάζουσα φημισθήσεται.
οἱ δ᾽ αὖ Πελασγῶν ἀμφὶ Μέμβλητος ῥοὰς
νῆσόν τε Κερνεᾶτιν ἐκπεπλωκότες
ὑπὲρ πόρον Τυρσηνὸν ἐν Λαμητίαις   1.085
δίναισιν οἰκήσουσι Λευκανῶν πλάκας.
καὶ τοὺς μὲν ἄλγη ποικίλαι τε συμφοραὶ
ἄνοστον αἰάζοντας ἕξουσιν τύχην
ἐμῶν ἕκατι δυσγάμων ῥυσταγμάτων
Οὐδ᾽ οἱ χρόνῳ μολόντες ἀσπαστῶς δόμους   1.090
εὐκταῖον ἐκλάμψουσι θυμάτων σέλας,
χάριν τίνοντες Κερδύλᾳ Λαρυνθίῳ.
τοιαῖσδ᾽ ἐχῖνος μηχαναῖς οἰκοφθορῶν
παραιολίξει τὰς ἀλεκτόρων πικρὰς
στεγανόμους ὄρνιθας. οὐδὲ ναυφάγοι   1.095

134

Pobre Setea, aguarda-te rochedo acima
a moira amara, onde, braços retesados
pelo bronze imobilizante, morrerás
por incendiar a esquadra de teus chefes, triste
refugo lamentoso na região de Crátis,
corpo suspenso para o abate dos abutres.
E o abrolho que vislumbra o mar distante amarga
a denominação de tua sina acerba.[170]
Outros, transnavegando as águas do pelásgio,
Membles, bordejarão a ínsula Cerneátis,
para habitar o campo dos lucanos. Vórtices
regougam do Lameto ali, além Tirreno.
Acídulo arco-íris de agonia há
de impor-se a lacrimosos de uma sina sem
retorno pelo estupro de minhas desnúpcias.[171]
Tampouco o jubiloso do retorno, a chama
inflamará do tão sonhado sacrifício,
em gratidão ao Frutificador Laríntio.[172]
É o que o ouriço arrasa-lar elocubrava,
obnubilando a mente das guardiãs amargas
da morada dos galos, as galinhas.[173] Tochas

---

[170] Os gregos matam a prisioneira troiana Setea, por esta ter incendiado seus navios perto de Crotona (o episódio é citado por Virgílio na *Eneida*, V, 620-79). O rochedo em que ela é crucificada recebe seu nome.

[171] Ao mencionar os egressos de Troia que chegam à região da Lucânia, Alexandra volta a falar da violação cometida por Ájax lócrio contra ela (verso 412), concluindo a longa seção do poema dedicada ao retorno dos gregos. Membles e Cerneátis têm discutida identificação; Lameto é um rio que deságua no golfo de Santa Eufemia.

[172] A narrativa volta-se aos gregos que, mesmo conseguindo retornar a seus lares, sofrerão igualmente muitos infortúnios, e nem poderão agradecer a Zeus ("Frutificador Laríntio") seu destino.

[173] Alexandra aborda as duas vinganças de Náuplios (ouriço), pai

λήξουσι πένθους δυσμενεῖς φρυκτωρίαι
πτόρθου διαρραισθέντος, ὃν νεοσκαφὲς
κρύψει ποτ' ἐν κλήροισι Μηδύμνης στέγος.
ὁ μὲν γὰρ ἀμφὶ χύτλα τὰς δυσεξόδους
ζητῶν κελεύθους αὐχενιστῆρος βρόχου   1.100
ἐν ἀμφιβλήστρῳ συντεταργανωμένος
τυφλαῖς ματεύσει χερσὶ κροσσωτοὺς ῥαφάς.
θερμὴν δ' ὑπαὶ λουτρῶνος ἀρνεύων στέγην
τιβῆνα καὶ κύπελλον ἐγκάρῳ ῥανεῖ,
τυπεὶς σκεπάρνῳ κόγχον εὐθήκτῳ μέσον.   1.105
οἰκτρὰ δέ πέμφιξ Ταίναρον πτερύξεται,
λυπρὰν λεαίνης εἰσιδοῦσ' οἰκουρίαν.
ἐγὼ δὲ δροίτης ἄγχι κείσομαι πέδῳ,
Χαλυβδικῷ κνώδοντι συντεθραυσμένη,
ἐπεί με, πεύκης πρέμνον ἢ στύπος δρυὸς   1.110
ὅπως τις ὑλοκουρὸς ἐργάτης ὀρεύς,
ῥήξει πλατὺν τένοντα καὶ μετάφρενον,
καὶ πᾶν λακίζουσ' ἐν φοναῖς ψυχρὸν δέμας

navífagas, nem elas hão de mitigar
sua dor pelo tronchado broto, que a neocava
tumba recobrirá um dia em Metimna.[174]
Ele, ao banhar-se, no desêxodo de um nó
estrangulante, atrás de uma saída, pleni-
atarantado em circunliames, com as mãos
cegas tateará as franjas das costuras.
Cabriolando sob o tépido zimbório
do banho, de seu cérebro salpicará
a tina e a trípode, fendido a fio de acha
o crânio. O simulacro voará a Tênaro,
descortinando a leoa, lúgubre guardiã.[175]
E jazerei no chão, à beira da banheira,
dilacerada por calíbdico artefato:
tal qual o tronco troncho do pinheiro ou roble,
um talhabosque montanhês, golpeará
meu pescoço e meu dorso, retalhando o corpo
inteiro, frígido de sangue. A serpe ávida

---

de Palamedes (cf. verso 386), contra os gregos. A segunda: para vingar o
assassinato do filho (numa artimanha de Odisseu) pelos gregos (galos),
Náuplios induz suas esposas (galinhas) a cometerem adultério.

[174] A primeira vingança de Náuplios contra os gregos, sintetizada
num único verso, procedimento recorrente no autor: Náuplios causa o
naufrágio dos navios gregos que, em meio à tempestade, deixam-se orientar pela luz da tocha que ele acende acima dos escolhos. A dupla vingança não alivia, contudo, a dor causada pela perda do filho, enterrado em
Metimna, na ilha de Lesbos, por Aquiles e Ájax.

[175] Outro que sofrerá após o regresso é Agamêmnon, assassinado
por Clitemnestra e seu amante na banheira (como em Ésquilo, *Agamêmnon*, 1.126-9 e 1.382-3). Uma rede aprisiona o rei grego, e um machado,
empunhado por Aigisto, corta sua cabeça. O morto, após vislumbrar sua
esposa, Clitemnestra ("leoa", "lúgubre guardiã"), viaja ao Hades, passan-
do pelo cabo Tênaro, na Lacônia (uma das entradas aos ínferos).

δράκαινα διψὰς κἀπιβᾶσ' ἐπ' αὐχένος
πλήσει γέμοντα θυμὸν ἀγρίας χολῆς,   1.115
ὡς κλεψίνυμφον κοὐ δορίκτητον γέρας
δύσζηλος ἀστέμβακτα τιμωρουμένη.
βοῶσα δ' οὐ κλύοντα δεσπότην πόσιν
θεύσω κατ' ἴχνος ἠνεμωμένη πτεροῖς.
σκύμνος δὲ πατρὸς κῆρα μαστεύων φόνου   1.120
εἰς σπλάγχν' ἐχίδνης αὐτόχειρ βάψει ξίφος,
κακὸν μίασμ' ἔμφυλον ἀλθαίνων κακῷ.
ἐμὸς δ' ἀκοίτης, δμωίδος νύμφης ἄναξ,
Ζεὺς Σπαρτιάταις αἱμύλοις κληθήσεται,
τιμὰς μεγίστας Οἰβάλου τέκνοις λαχών.   1.125
οὐ μὴν ἐμὸν νώνυμνον ἀνθρώποις σέβας
ἔσται, μαρανθὲν αὖθι ληθαίῳ σκότῳ.
ναὸν δέ μοι τεύξουσι Δαυνίων ἄκροι
Σάλπης παρ' ὄχθαις, οἵ τε Δάρδανον πόλιν
ναίουσι, λίμνης ἀγχιτέρμονες ποτῶν.   1.130
κοῦραι δὲ παρθένειον ἐκφυγεῖν ζυγὸν
ὅταν θέλωσι, νυμφίους ἀρνούμεναι
τοὺς Ἑκτορείοις ἠγλαϊσμένους κόμαις,
μορφῆς ἔχοντας σίφλον ἢ μῶμαρ γένους,
ἐμὸν περιπτύξουσιν ὠλέναις βρέτας,   1.135
ἄλκαρ μέγιστον κτώμεναι νυμφευμάτων,

repisará minha goela, saciando
o coração de bile abjeta, como se
não fosse de um butim de guerra, mas de oculta
esposa que o ciúme sórdido vingasse.
Ao meu consorte, déspota que não me escuta,
rogarei em seu rastro, alada de um ressopro.[176]
Para vingar o pai, a cria estoca a espada
nas vísceras da víbora, curando o mal
com mal da mácula que aflora em sua família.
Par no meu tálamo, senhor de esposa serva,
espartanos sutis o denominam Zeus.
Receberá regalos dos herdeiros de Ébalo.[177]
Renome de nomeada hei de conhecer,
jamais oculto pelo oblívio ensombrecido.
Meu templo, os chefes dâunios edificarão
à beira-Salpe, auxiliados pelos dárdanos,
proxilacustres habitantes dessas águas.
E quando as moças queiram escapar do jugo
matrimonial com asco de seus pretendentes
zelosos do caimento do cacheado heitóreo,
ridículas figuras de família ignóbil,
enlaçarão a minha efígie entre os braços,
a fim de obter aliada forte contra as bodas,

---

[176] Após Agamêmnon, Alexandra é assassinada por Clitemnestra (a "serpe", metáfora esquiliana, cf. *Coéforas*, 249), com o machado de metal calíbdico. Após a guerra de Troia, Alexandra havia sido levada como escrava por Agamêmnon, causando o ciúme fatal de sua esposa. A maldição de Apolo a Alexandra é mencionada, quando o rei não escuta os avisos da consorte.

[177] Agamêmnon será vingado por seu filho Orestes, que matará Clitemnestra (cf. *Agamêmnon*, 1.093-4). Os espartanos (descendentes de Ébalo, pai de Tíndaro) renderão homenagens à memória do rei (referido como Zeus).

Ἐρινύων ἐσθῆτα καὶ ῥέθους βαφὰς
πεπαμέναι θρόνοισι φαρμακτηρίοις.
κείναις ἐγὼ δηναιὸν ἄφθιτος θεὰ
ῥαβδηφόροις γυναιξὶν αὐδηθήσομαι.   1.140
πένθος δὲ πολλαῖς παρθένων τητωμέναις
τεύξω γυναιξὶν αὖθις, αἳ στρατηλάτην
ἀθεσμόλεκτρον, Κύπριδος λῃστὴν θεᾶς,
δαρὸν στένουσαι, κλῆρον εἰς ἀνάρσιον
πέμψουσι παῖδας ἐστερημένας γάμων.   1.145
Λάρυμνα, καὶ Σπερχειέ, καὶ Βοάγριε,
καὶ Κῦνε, καὶ Σκάρψεια, καὶ Φαλωριάς,
καὶ Ναρύκειον ἄστυ, καὶ Θρονίτιδες
Λοκρῶν ἀγυιαί, καὶ Πυρωναῖαι νάπαι,
καὶ πᾶς Ὀδοιδόκειος Ἰλέως δόμος,   1.150
ὑμεῖς ἐμῶν ἕκατι δυσσεβῶν γάμων
ποινὰς Γυγαίᾳ τίσετ᾽ Ἀγρίσκᾳ θεᾷ,
τὸν χιλίωρον τᾶς ἀνυμφεύτους χρόνον
πάλου βραβείαις γηροβοσκοῦσαι κόρας.
αἷς ἀκτέριστος ἐν ξένῃ ξέναις τάφος   1.155
ψάμμῳ κλύδωνος λυπρὸς ἐκκλυσθήσεται,

vestidas como Erínias, rostos maquilados
com fármaco encontrado no herbário mágico.[178]
Deusa imortal é como as moças porta-cetro
me invocarão por muito tempo. A numerosas
mulheres apartadas de suas filhas virgens,
enlutarei. Por culpa do lascivolúgubre
general, do pirata de Afrodite, todas
prantearão, quando do envio à terra hostil
de virgens rijas destituídas de esponsais.[179]
Larimna, Espérquia, Cino e também Boágria,
além de Escárfeo e Falórias e a cidade
de Nárice e as alamedas locrianas
de Trônion e os convales onde afloram flamas
e todo o lar de Oileu, filho do Olhissendeiro,
expiareis a culpa pelo meu consórcio
ímpio em Gigas, junto à Agreste: ao capricho
do acaso, envelhivicejam por mil anos,
alienígenas em terras alienígenas,[180]
inuptas, túmulos vazios de exéquias fúnebres
pelo areal que as ôndulas apagam, quando

---

[178] Assim como Agamêmnon, também Alexandra será cultuada: um templo em sua homenagem é erigido em Dâunia, no sul da Itália (cf. versos 592 ss., 1.047 ss.). As jovens dâunias abraçavam sua estátua quando queriam evitar um casamento indesejado.

[179] A narrativa prossegue com um excurso dedicado às virgens da Lócrida, pátria do general grego Ájax, violador de Alexandra. Por exigência da deusa Atena ("Agreste"), duas virgens lócridas deverão ser enviadas anualmente, durante mil anos, ao seu templo em Troia, para expiar o estupro sofrido por Alexandra.

[180] Chorarão por suas filhas as mães da terra de Oileu (filho de Hodédoco, o "Olhissendeiro", e pai de Ájax lócrio). As virgens deverão provir de todas as suas localidades da Lócrida, como Larimna, Espérquia, Cino, Boágria, Escárfeo, Falórias, Nárice e Trônion.

φυτοῖς ἀκάρποις γυῖα συμφλέξας ὅταν
Ἥφαιστος εἰς θάλασσαν ἐκβράσῃ σποδὸν
τῆς ἐκ λόφων Τράρωνος ἐφθιτωμένης.
ἄλλαι δὲ νύκτωρ ταῖς θανουμέναις ἴσαι   1.160
Σιθῶνος εἰς θυγατρὸς ἵξονται γύας,
λαθραῖα κἀκκέλευθα παπταλώμεναι,
ἕως ἂν εἰσθρέξωσιν Ἀμφείρας δόμους
λιταῖς Σθένειαν ἴκτιδες γουνούμεναι.
θεᾶς δ᾽ ὀφελτρεύσουσι κοσμοῦσαι πέδον,   1.165
δρόσῳ τε φοιβάσουσιν, ἀστεργῆ χόλον
ἀστῶν φυγοῦσαι. πᾶς γὰρ Ἰλιεὺς ἀνὴρ
κόρας δοκεύσει, πέτρον ἐν χεροῖν ἔχων,
ἢ φάσγανον κελαινόν, ἢ ταυροκτόνον
στερρὰν κύβηλιν, ἢ Φαλακραῖον κλάδον,   1.170
μαιμῶν κορέσσαι χεῖρα διψῶσαν φόνου.
δῆμος δ᾽ ἀνατεὶ τὸν κτανόντ᾽ ἐπαινέσει,
τεθμῷ χαράξας, τοὐπιλώβητον γένος.
ὦ μῆτερ, ὦ δύσμητερ, οὐδὲ σὸν κλέος
ἄπυστον ἔσται, Περσέως δὲ παρθένος   1.175
Βριμὼ Τρίμορφος θήσεταί σ᾽ ἐπωπίδα
κλαγγαῖσι ταρμύσσουσαν ἐννύχοις βροτούς,

Hefesto incinerar seus membros sobre os galhos,
para lançar a cinza ao mar de quem perdeu
a vida despenhando-se do Traro altíssimo.[181]
Outras, notívagas, iguais a moribundas,
virão aos campos das herdeiras de Sitôn,
sondando, à socapa, sendas não-trilháveis,
até precipitarem-se no lar de Anfira,
pregando, genuflexas, à Maxipotente.
Varrem o pavimento consagrado e o adornam,
puro de orvalho. E assim o fel superno evitam.[182]
Não faltará ileu que não espreite as moças
com uma pedra em cada mão ou um punhal
escuro ou acha tauricida e robusta
ou ramagem de Fálacra, do Monte-calvo,
ardendo por saciar a mão sanguissedenta.
E a turba encomiará quem massacrar a raça
ignominiada — é o que sanciona o decreto.[183]
Ó mãe, desmãe, tua nomeada não se esvai!
Brimó Triforme, a filha virginal de Perses,
fará de ti uma sequaz: os teus latidos
irão apavorar os homens noite adentro,[184]

---

[181] Várias virgens lócridas eram assassinadas ao chegarem a Troia, lançadas do cabo Traro. Seus corpos eram queimados e as cinzas jogadas ao mar.

[182] As virgens que escapavam da morte tinham que se dirigir ao templo de Atena ("Anfira", "Maxipotente") e lá permanecer como escravas, ajudando nos cultos realizados no local.

[183] Os troianos tinham autorização legal para matar as virgens, se assim o quisessem, com pedras, punhais, machados ou clavas (Fálacra é um bosque em Troia).

[184] Alexandra passa a falar de sua mãe, Hécuba. Escravizada após a queda de Troia, ela ataca o rei trácio Polimestor e é apedrejada pelos gregos. Para salvá-la, Hécate (Brimó Triforme) a transforma em cadela.

ὅσοι μεδούσης Στρυμόνος Ζηρυνθίας
δείκηλα μὴ σέβουσι λαμπαδουχίαις,
θύσθλοις Φεραίαν ἐξακεύμενοι θεάν.   1.180
ψευδήριον δὲ νησιωτικὸς στόνυξ
Πάχυνος ἕξει σεμνὸν ἐξ ὀνειράτων
ταῖς δεσποτείαις ὠλέναις ὠγκωμένον
ῥείθρων Ἑλώρου πρόσθεν ἐκτερισμένης·
ὃς δὴ παρ᾽ ἀκταῖς τλήμονος ῥανεῖ χοάς,   1.185
τριαύχενος μήνιμα δειμαίνων θεᾶς,
λευστῆρα πρῶτον οὕνεκεν ῥίψας πέτρον
Ἅιδῃ κελαινῶν θυμάτων ἀπάρξεται.
σὺ δ᾽, ὦ ξύναιμε, πλεῖστον ἐξ ἐμῆς φρενὸς
στερχθείς, μελάθρων ἔρμα καὶ πάτρας ὅλης,   1.190
οὐκ εἰς κενὸν κρηπῖδα φοινίξεις φόνῳ
ταύρων, ἄνακτι τῶν Ὀφίωνος θρόνων
πλείστας ἀπαρχὰς θυμάτων δωρούμενος.
ἀλλ᾽ ἄξεταί σε πρὸς γενεθλίαν πλάκα
τὴν ἐξόχως Γραικοῖσιν ἐξυμνημένην,   1.195
ὅπου σφε μήτηρ ἡ πάλης ἐμπείραμος
τὴν πρόσθ᾽ ἄνασσαν ἐμβαλοῦσα Ταρτάρῳ

todos os que não louvem o ícone da dama
zeríntia nas lampadofórias lá do Estrimo,
nem ofereçam sacrifício à deusa em Feres.[185]
O píncaro insular abrigará em Páquinos
teu cenotáfio venerado, erigido
pessoalmente por teu mestre, que ouve os sonhos.
Receberás exéquias frente ao rio do Héloros.
As libações nas fímbrias ele aspergirá
temendo a cólera da deusa de três gorjas,
pois ao lançar primeiro a pedra lapidar,
em prol do Hades funda sacrifícios negros.[186]
E tu, irmão, a quem requeiro mais que tudo,
esteio do solar e do país inteiro,
enrubrarás o pedestal com sangue táureo
não em vão, ofertando ao rei do trono de Ófio
primícias de incontáveis sacrifícios. Guia
será na tua condução ao plaino em que
nasceu. Exímios hinos gregos magnificam-no.[187]
Foi lá que sua mãe, guerreira experiente,
após lançar a rainha antecessora ao Tártaro,

---

[185] Hécuba se torna fiel seguidora de Hécate, e irá assombrar com seus latidos aqueles que não prestarem culto à "dama zeríntia", tanto na região do rio Estrimo, na Trácia, como em Feres, na Tessália. A denominação Triforme da deusa (ou "de três gorjas", cf. verso 1.186) aludiria a seus domínios: Céu, Terra e Mar (cf. Hesíodo, *Teogonia*, 413-5).

[186] Temente à Hécate, Odisseu (o "mestre"; a mãe de Alexandra seria sacrificada por ele) erige o cenotáfio de Hécuba em Páquinos, na Sicília. A preocupação de Odisseu em relação a uma punição da deusa era maior porque ele foi o primeiro grego a atirar uma pedra em Hécuba.

[187] Assim como Hécuba, Heitor também será objeto de culto, e os vários sacrifícios que o irmão de Alexandra ofereceu a Zeus (rei do trono de Ófio) não foram em vão. O próprio Zeus conduzirá os ossos de Heitor a Tebas, local onde sua mãe Rea o levou para nascer.

ὠδῖνας ἐξέλυσε λαθραίας γονῆς,
τὰς παιδοβρώτους ἐκφυγοῦσ' ὁμευνέτου
θοίνας ἀσέπτους, οὐδ' ἐπίανεν βορᾷ   1.200
νηδύν, τὸν ἀντίποινον ἐγμάψας πέτρον,
ἐν γυιοκόλλοις σπαργάνοις εἰλημένον,
τύμβος γεγὼς Κένταυρος ὠμόφρων σπορᾶς.
νήσοις δὲ μακάρων ἐγκατοικήσεις μέγας
ἥρως, ἀρωγὸς λοιμικῶν τοξευμάτων,   1.205
ὅπου σε πεισθεὶς Ὠγύγου σπαρτὸς λεὼς
χρησμοῖς Ἰατροῦ Λεψίου Τερμινθέως
ἐξ Ὀφρυνείων ἠρίων ἀνειρύσας
ἄξει Καλύδνου τύρσιν Ἀόνων τε γῆν
σωτῆρ', ὅταν κάμνωσιν ὁπλίτῃ στρατῷ   1.210
πέρθοντι χώραν Τηνέρου τ' ἀνάκτορα.
κλέος δὲ σὸν μέγιστον Ἐκτήνων πρόμοι
λοιβαῖσι κυδανοῦσιν ἀφθίτοις ἴσον.
ἥξει δὲ Κνωσσὸν κἀπὶ Γόρτυνος δόμους
τοὐμὸν ταλαίνης πῆμα, πᾶς δ' ἀνάστατος   1.215
ἔσται στρατηγῶν οἶκος. οὐ γὰρ ἥσυχος

pôs fim ao parto clandestino, evitando
o sacrilégio do festim de seu esposo
devora-infante. Não encheu com alimento
a pança quem seria a tumba para os seus:
Centauro, que engoliu a pedra em seu lugar,
envolta pela faixa que circunda os membros.[188]
Barreira contra os dardos pestilentos, magno
herói, habitarás a ilha dos beatos,
onde o semeado povo de Ógigo, oráculos
do Médico Termínteo Lépsio respeitados,
após te retirar do túmulo de Ofrínio,
à torre de Calidnos e ao país dos áones
irá te conduzir, quando um tropel, ó sóter,
devaste a região e o sacro lar de Têneros.
Em libações, tal qual um sempiterno, líderes
ectênios magnificarão teu *kleos*: renome![189]
A pena que me aturde atingirá os lares
de Gortina e de Cnossos. Moradias magnas,
nenhuma delas fica em pé.[190] Sem paz, quem pesca

---

[188] Rea, mãe de Zeus, havia derrotado Eurínome, esposa de Ófio.
Para evitar que seu marido comesse o filho ao nascer, Rea faz o "parto
clandestino" em Tebas e entrega a Cronos ("Centauro", pois era pai de
Quíron) uma pedra envolta em tecido no lugar de Zeus.

[189] Respeitando o oráculo de Apolo (Médico Termínteo Lépsio), os
tebanos (população de Ógigo) transportam os ossos de Heitor de Ofrínio
(bosque sagrado de Heitor em Troia) à torre de Calidnos (primeiro rei de
Tebas, antes de Ógigo) e ao país dos aônios (Beócia). Lá o culto à figura
de Heitor protegerá os tebanos (ectênios, cf. verso 433) contra a peste e os
invasores. A acrópole de Tebas, assim como o mítico local de repouso dos
heróis mortos, era conhecida como "ilha dos beatos". Tebas era lar de Têneros, adivinho e filho de Apolo.

[190] Alexandra volta a falar dos castigos que os gregos sofrerão após
a queda de Troia, contando a história de Idomeneu, rei de Creta (ilha onde se situava as cidades de Gortina e Cnossos).

πορκεὺς δίκωπον σέλμα ναυστολῶν ἐλᾷ,
Λεῦκον στροβήσων φύλακα τῆς μοναρχίας,
ψυδραῖσί τε ἔχθραν μηχαναῖς ἀναπλέκων.
ὃς οὔτε τέκνων φείσετ᾽ οὔτε συγγάμου   1.220
Μήδας δάμαρτος, ἠγριωμένος φρένας,
οὐ Κλεισιθήρας θυγατρός, ἧς πατὴρ λέχος
θρεπτῷ δράκοντι συγκαταινέσει πικρόν.
πάντας δ᾽ ἀνάγνοις χερσὶν ναῷ κτενεῖ,
λώβαισιν αἰκισθέντας Ὀγκαίου βόθρου.   1.225
γένους δὲ πάππων τῶν ἐμῶν αὖθις κλέος
μέγιστον αὐξήσουσιν ἄμναμοί ποτε,
αἰχμαῖς τὸ πρωτόλειον ἄραντες στέφος,
γῆς καὶ θαλάσσης σκῆπτρα καὶ μοναρχίαν
λαβόντες. οὐδ᾽ ἄμνηστον, ἀθλία πατρίς,   1.230
κῦδος μαρανθὲν ἐγκατακρύψεις ζόφῳ.
τοιούσδ᾽ ἐμός τις σύγγονος λείψει διπλοῦς
σκύμνους λέοντας, ἔξοχον ῥώμῃ γένος,
ὁ Καστνίας τε τῆς τε Χειράδος γόνος,
βουλαῖς ἄριστος, οὐδ᾽ ὀνοστός ἐν μάχαις.   1.235

com nassa avançará o birreme cavername.
Provoca Leuco, guardião da monarquia,
inflama sua fúria com maquinações.
Ensandecendo o coração, não poupará
a esposa Meda, nem os filhos, nem Cleisítera,
a filha cujo pai dará aval ao liame
amaro com a serpe que acolhera em casa.
Ninguém escapa a sua mão impura, algoz
no templo, mutilados numa fossa oncea.[191]
Os pósteros da estirpe de meus ancestrais,
o *kleos*, a fama, os engrandecerá um dia,
quando conquistem as primícias do butim,
por terra e mar talássio o cetro e a monarquia
arrebatando. A desmemória, triste pátria,
no breu do oblívio nunca ocultará tua glória.[192]
Um consanguíneo meu há de legar os dois
leões, vigor que ronda o ramo vil e o monda,
o filho da Ágilmanuseante Cástnia, magno
nos conselhos que dava, um ás na lide rubra.[193]

---

[191] O infortúnio de Idomeneu ocorrerá por vingança de Náuplios (cf. versos 1.093-5), aquele "quem pesca". Para vingar a morte do filho pelos gregos, Náuplios convence a mulher de Idomeneu, Meda, a manter relação com o filho adotivo do rei, Leuco, encarregado de governar a ilha de Creta na ausência do pai. Leuco ("serpente") acaba assassinando Meda e seus filhos, incluindo a futura esposa Cleisítera, filha de Idomeneu. Quando o rei retorna à ilha, também é morto por Leuco. Todos perdem a vida na "fossa oncea", que pode designar a fossa em que se vertia sangue para evocação dos mortos, talvez num templo à Deméter.

[192] Alexandra passa a falar da glória dos descendentes troianos.

[193] O "consanguíneo meu" é Eneias, cujo parentesco com Alexandra aparece na *Ilíada*, XX, 230-40. Não deixa de surpreender a profecia sobre o destino do herói troiano (filho de Afrodite, a "Ágilmanuseante Cástnia"), com a qual Lícofron antecipa a *Eneida* de Virgílio em quase trezentos anos. A passagem é bastante discutida e anunciaria a fundação de

ὃς πρῶτα μέν Ῥαίκηλον οἰκήσει μολών,
κισσοῦ παρ' αἰπὺν πρῶνα καὶ Λαφυστίας
κερασφόρους γυναῖκας. ἐκ δ' Ἀλμωπίας
πάλιμπλανήτην δέξεται Τυρσηνία
Λιγγεύς τε θερμῶν ῥεῖθρον ἐκβράσσων ποτῶν,   1.240
καὶ Πῖσ' Ἀγύλλης θ' αἱ πολύρρηνοι νάπαι.
σὺν δέ σφι μίξει φίλιον ἐχθρὸς ὢν στρατόν,
ὅρκοις κρατήσας καὶ λιταῖς γουνασμάτων
νάνος, πλάναισι πάντ' ἐρευνήσας μυχὸν
ἁλός τε καὶ γῆς. σὺν δὲ δίπτυχοι τόκοι   1.245
Μυσῶν ἄνακτος, οὔ ποτ' Οἰκουρὸς δόρυ
γνάμψει Θέοινος, γυῖα συνδήσας λύγοις,
Τάρχων τε καὶ Τυρσηνός, αἴθωνες λύκοι,
τῶν Ἡρακλείων ἐκγεγῶτες αἱμάτων.
ἔνθα τράπεζαν εἰδάτων πλήρη κιχών,   1.250
τὴν ὕστερον βρωθεῖσαν ἐξ ὁπαόνων,
μνήμην παλαιῶν λήψεται θεσπισμάτων.

Primeiro habitará Recelo, à beira-pico
do Cisso abrupto, com as fêmeas devorantes
de cornos. Retroerrante a partir de Almópia,
será acolhido na Tirrênia e no Lingeu
de tépido fluir do nascedouro, em Pisa
e Agila, vales plurigreis.[194] Um adversário
anão há de somar a seu tropel tropel
de amigos, suplicante. Em sua errância, não
se furta a explorar lonjuras no oceano
ou continente.[195] Filhos gêmeos do rei mísio —
de quem o Guardião divinovinho verga
a espada e amarra artelhos com o vime fléxil —,
Tirreno e Tarco, os acompanha, lobos árdegos.
Nascem do sangue de Héracles.[196] A mesa plena
de víveres que ali encontram há de ser
então comida pelos sócios. À memória
sua retornam os oráculos de outrora.[197]

Roma (os "dois leões" são Rômulo e Remo). É notável o uso do substantivo *rome*, "força", indicando Roma; na tradução se procurou manter algo da sonoridade, com "vigor que ronda o ramo vil e o monda".

[194] Saindo de Troia com seu pai Anquises e a estátua de Atena, Eneias chega à cidade de Recelo, junto ao monte Cisso, na Calcídica. Partindo da região de Almópia, na Macedônia, o herói atinge a Etrúria: a Tirrênia, o rio Lingeu (Arno) e as cidades de Pisa e Agila.

[195] O "anão" seria Odisseu, o qual, apesar do antagonismo anterior com Eneias, teria juntado seu contingente militar ao dele.

[196] Além do grego, juntam-se a Eneias os etruscos Tarco e Tirreno (cf. *Eneida*, VIII, 603-7), filhos do heráclida Télefo. "Divinovinho" é Dioniso, que amarrara Télefo, rei da Mísia, com ramos de vinha, para que ele não atrapalhasse os gregos que rumavam a Troia (cf. versos 206-7).

[197] Segundo o oráculo, a nova pátria de Eneias seria aquela em que seus companheiros devorassem uma mesa.

κτίσει δὲ χώραν ἐν τόποις Βορειγόνων
ὑπὲρ Λατίνους Δαυνίους τ' ᾠκισμένην,
πύργους τριάκοντ', ἐξαριθμήσας γονὰς   1.255
συὸς κελαινῆς, ἣν ἀπ' Ἰδαίων λόφων
καὶ Δαρδανείων ἐκ τόπων ναυσθλώσεται,
ἰσηρίθμων θρέπτειραν ἐν τόκοις κάπρων·
ἧς καὶ πόλει δείκηλον ἀνθήσει μιᾷ
χαλκῷ τυπώσας καὶ τέκνων γλαγοτρόφων.   1.260
δείμας δὲ σηκὸν Μυνδίᾳ Παλληνίδι,
πατρῷ ἀγάλματ' ἐγκατοικεῖ θεῶν.
ἃ δή, παρώσας καὶ δάμαρτα καὶ τέκνα
καὶ κτῆσιν ἄλλην ὀμπνίαν κειμηλίων,
σὺν τῷ γεραιῷ πατρὶ πρεσβειώσεται,   1.265
πέπλοις περισχών, ἦμος αἰχμηταὶ κύνες,
τὰ πάντα πάτρας συλλαφύξαντες πάλῳ,
τούτῳ μόνῳ πόρωσιν αἵρεσιν, δόμων
λαβεῖν ὅ χρῄζει κἀπενέγκασθαι δάνος.
τῷ καὶ παρ' ἐχθροῖς εὐσεβέστατος κριθείς,   1.270
τὴν πλεῖστον ὑμνηθεῖσαν ἐν χάρμαις πάτραν
ἐν ὀψιτέκνοις ὀλβίαν δωμήσεται,
τύρσιν μακεδνὰς ἀμφὶ Κιρκαίου νάπας

Fundará um país em terras de aborígenes,
localizado além dos dâunios e latinos,
trinta baluartes, número de crias da porca
negra, que dos outeiros do Ida e do país
dardânio embarcará em seu navio, nutriz
de igual quantia de leitões num parto único.
Consagrará a efígie cinzelada em bronze
à lactante e à prole, numa das cidades.[198]
Erigirá um templo a Míndia Palenida,
com muitas representações de deuses pátrios.
Refugará a esposa, os filhos e a relíquia
dos tesouros. Acompanhado de seu pai
idoso, cobrirá os deuses com as túnicas,
quando os cachorros belicosos, num sorteio,
decidam devorar o que antes era a pátria.
Concedem-lhe a dádiva exclusiva: um bem
de sua morada poderia levar consigo.[199]
Até o inimigo nele vê alguém
sem jaça. Funda um país de feitos bélicos,
próspero para os pósteros, baluarte inserto
nas fímbrias da floresta do Circeu e do Eetes

---

[198] Eneias fundará um país (e não uma cidade) em terra de aborígenes, ou borígenes (jogo de palavras com gente do Norte, além-Bóreas), localizada ao norte da região dos latinos e dâunios (cf. versos 592-3). Helenos predisse a Eneias que uma porca indicaria o local da fundação (*Eneida*, III, 392). Durante o sacrifício da porca (trazida de Troia) às margens do Tibre, ela dá à luz trinta crias, espaço da futura Roma (*Eneida*, III, 388-93). Uma estátua em bronze da porca e suas crias é elaborada e levada à cidade de Lavínio.

[199] Eneias erige um templo consagrado a Atena (Míndia Palenida), onde deposita as estátuas que trouxe de Troia. Na distribuição dos despojos de guerra, os gregos permitem que Eneias leve consigo o que desejar: ele escolhe os penates e o pai Anquises (cf. *Eneida*, II, 636), deixando para trás os tesouros e o restante da família.

Ἀργοῦς τε κλεινὸν ὅρμον Αἰήτην μέγαν,
λίμνης τε Φόρκης Μαρσιωνίδος ποτὰ 1.275
Τιτώνιόν τε χεῦμα τοῦ κατὰ χθονὸς
δύνοντος εἰς ἄφαντα κευθμῶνος βάθη,
Ζωστηρίου τε κλιτύν, ἔνθα παρθένου
στυγνὸν Σιβύλλης ἐστὶν οἰκητήριον,
γρώνῳ βερέθρῳ συγκατηρεφὲς στέγης. 1.280
τοσαῦτα μὲν δύστλητα πείσονται κακὰ
οἱ τὴν ἐμὴν μέλλοντες αἰστώσειν πάτραν.
τί γὰρ ταλαίνῃ μητρὶ τῇ Προμηθέως
ξυνὸν πέφυκε καὶ τροφῷ Σαρπηδόνος,
ἃς πόντος Ἕλλης καὶ πέτραι Συμπληγάδες 1.285
καὶ Σαλμυδησὸς καὶ κακόξεινος κλύδων,
Σκύθαισι γείτων, καρτεροῖς εἴργει πάγοις,
λίμνην τε τέμνων Τάναϊς ἀκραιφνὴς μέσην
ῥείθροις ὁρίζει, προσφιλεστάτην βροτοῖς
χίμετλα Μαιώταισι θρηνοῦσιν ποδῶν. 1.290

enorme, porto de Argo renomado, próximo
da palude dos Mársios, da lacustre Force
e das correntes do Titônio que se abisma
turbilhonando em invisível profundeza,
e do decíduo Zosterio, habitação
estígia da Sibila virgem, totalmente
coberta pela cumeeira da caverna.[200]
Reveses desse rol padecerá quem hoje
espreita a destruição de minha cidadela.
Há elo elidindo a ama de Sarpédon
e a amargurada mãe de Prometeu?[201] O mar
de Heles, Simplégades abruptas, Salmidesso,
as ásperas geleiras do oceano Inóspito,
vizinho aos citas, as separam, e o Tanais
puro as aparta quando sua correnteza
cinde a laguna ao meio, que aos meótidas tanto
apraz, chorosos do friúme de seus pés.[202]

---

[200] O país fundado por Eneias inclui o monte Circeu, no Lácio; o
porto de Eetes (onde o navio Argo ancorou, local que recebe o nome do
rei da Cólquida); o lago Force (atual Fucino, a 90 km de Roma); o rio Titônio (Pitônio), que cortava o Force; e a colina Zosterio (epíteto ateniense de Apolo), na região de Cumas (cf. *Eneida*, III, 441-4), local da caverna da Sibila.

[201] Alexandra passa a aludir à rivalidade secular entre a Ásia e a Europa, um tema caro a Heródoto. Provavelmente se inspire no sonho de
Atossa nos *Persas* de Ésquilo (versos 176-96), em que os dois continentes
também aparecem em vestes femininas. A Ásia é a mãe de Prometeu, cujo
pai é Jápeto; a Europa é a mãe de Sarpédon, cujo pai é Zeus.

[202] Referências geográficas que separam os dois continentes: Helesponto (mar de Heles), as rochas Simplégades no acesso ao mar Negro (cf.
Eurípides, *Medeia*, versos 2 e 1.263), Salmidesso (cidade do mar Negro),
a vaga Inóspita (mar Negro), citas (habitantes da costa do mar Negro), o
rio Tanais que, como o Titônio (versos 1.276-7), não mistura suas águas
às do "lago" Meótis cortado por ele (caracterização interessante do Meó-

ὄλοιντο ναῦται πρῶτα Καρνῖται κύνες,
οἳ τὴν βοῶπιν ταυροπάρθενον κόρην
Λέρνης ἀνηρείψαντο, φορτηγοὶ λύκοι,
πλᾶτιν πορεῦσαι κῆρα Μεμφίτῃ πρόμῳ,
ἔχθρας δὲ πυρσὸν ἦραν ἠπείροις διπλαῖς.   1.295
αὖθις γὰρ ὕβριν τὴν βαρεῖαν ἁρπαγῆς
Κουρῆτες ἀντίποινον Ἰδαῖοι κάπροι
ζητοῦντες, αἰχμάλωτον ἤμπρευσαν πόριν
ἐν ταυρομόρφῳ τράμπιδος τυπώματι
Σαραπτίαν Δικταῖον εἰς ἀνάκτορον   1.300
δάμαρτα Κρήτης Ἀστέρῳ στρατηλάτῃ.
οὐδ' οἵ γ' ἀπηρκέσθησαν ἀντ' ἴσων ἴσα
λαβόντες, ἀλλὰ κλῶπα σὺν Τεύκρῳ στρατὸν
καὶ σὺν Σκαμάνδρῳ Δραυκίῳ φυτοσπόρῳ
εἰς Βεβρύκων ἔστειλαν οἰκητήριον,   1.305
σμίνθοισι δηρίσοντας, ὧν ἀπὸ σπορᾶς
ἐμοὺς γενάρχας ἐξέφυσε Δάρδανος,
γήμας Ἀρίσβαν Κρῆσσαν εὐγενῆ κόρην.

Houvessem perecido os cães de Carnas, nautas
que a olhibovina taurivirgem arrancaram
de Lerna — lobos mercantis! — para doá-la,
num consórcio macabro, ao primaz de Mênfis,
e para arder a fúria entre os continentes.[203]
Num repto ao rapto que os ultraja, os javalis,
curetes do Ida, mantiveram prisioneira
em nave com insígnia tauriforme a neo-
vaca saraptiana, onde a conduziram
até o solar no monte Dicte, com o intuito
de que esposasse o ás Astério dos cretenses.[204]
Mas não se conformaram em tomar o igual
pelo igual, e mandaram um tropel rapace
com Teucro e o dráucio Escamandro, o próprio pai,
à moradia dos bebrícios, para luta
com arganazes, de cuja semente Dárdano,
ao desposar Arisba, nobre cepa em Creta,
conceberia o clã de meus antepassados.[205]

---

tis, bastante agradável aos habitantes da fria região do mar Negro, "chorosos do friúme de seus pés").

[203] O conflito entre Ásia e Europa teria origem no rapto de Io pelos
fenícios (cf. Heródoto, I, 1-15). Carnas é o porto do mar Vermelho de onde estes partiram. Transformada em novilha por Zeus (para que a amada
não fosse descoberta por Hera), Io é levada ao Egito, onde se casa com o
rei Telégono (o "primaz de Mênfis").

[204] Como represália, os curetes (cretenses) sequestram Europa, filha
do rei da Fenícia, Fênix. Europa é raptada na cidade de Sarapta e levada
até Creta, no monte Dicte, para se casar com o rei Astério.

[205] Insatisfeitos com a vingança decorrente do rapto de Europa, os
cretenses, comandados por Teucro e seu pai, Escamandro, enviam uma expedição contra os troianos (bebrícios). Segundo um oráculo, Teucro deveria fundar uma cidade onde fosse atacado por seres saídos da terra. Em
Hamaxitos, ratos surgem do solo e ruminam o couro dos escudos; sem armas, os cretenses fixam-se no lugar e erguem um templo a Apolo Esmin-

καὶ δευτέρους ἔπεμψαν Ἄτρακας λύκους
ταγῷ μονοκρήπιδι κλέψοντας νάκην,   1.310
δρακοντοφρούροις ἐσκεπασμένην σκοπαῖς.
ὃς εἰς Κύταιαν τὴν Λιβυστικὴν μολών,
καὶ τὸν τετράπνην ὕδρον εὐνάσας θρόνοις,
καὶ γυρὰ ταύρων βαστάσας πυριπνόων
ἄροτρα, καὶ λέβητι δαιτρευθεὶς δέμας,   1.315
οὐκ ἀσμένως ἔμαρψεν ἐρράου σκύλος,
ἀλλ᾿ αὐτόκλητον ἁρπάσας κεραΐδα,
τὴν γνωτοφόντιν καὶ τέκνων ἀλάστορα,
εἰς τὴν λάληθρον κίσσαν ἡρματίξατο,
φθογγὴν ἐδώλων Χαονιτικῶν ἄπο   1.320
βροτησίαν ἱεῖσαν, ἔμπαιον δρόμων.

E na segunda vez mandaram lobos de Átrace
roubarem, com o general semicalçado,
o velocino olhado pelo vigildrago.[206]
Recém-chegado à líbica Citea, à hidra
quadrinasal o chefe adormeceu com filtros
e soergueu o arado com os bois ignívomos
e fez cozer o corpanzil num caldeirão.[207]
O velo do carneiro não pegou sorrindo,
mas transportou consigo a gralha autoinvitada,
a fratricida filhicida. A embarcou
sobre a pega loquaz, que propagava um som
de voz humana do caiônio lenho, guia
extremamente experiente em derroteiros.[208]

---

teo. Arisba, filha de Teucro, casa-se com Dárdano, fundador de Troia, gerando os antepassados de Alexandra.

[206] Outra vingança contra a Ásia é a expedição dos Argonautas, que parte de Átrace, na Tessália, à bordo do Argo, para conquistar o velocino de ouro na Cólquida, região ao leste do mar Negro. Lícofron baseia-se em Píndaro para caracterizar Jasão como general "semicalçado" (*Pítica*, IV). Segundo o oráculo, o rei Pélia (de Iolco, na Tessália) cederia o poder ao homem que chegasse com apenas um dos pés calçado; Jasão chega assim a Iolco e reivindica a Pélia, seu tio, o reinado usurpado de seu pai. Pélia concorda, com a condição de que o sobrinho lhe traga o velocino de ouro, missão considerada impossível.

[207] Jasão chega à cidade de Citea, pátria do rei Eetes e sua filha Medeia. Obrigado pelo rei a cumprir uma série de tarefas para obter o velocino de ouro, Jasão, ajudado por Medeia (que era feiticeira), adormece o dragão que guardava o velocino com ervas mágicas, submete ao arado os touros que expiram fogo, e depois se faz cozinhar despedaçado num caldeirão, a fim de preservar a juventude.

[208] Jasão parte da Cólquida junto com Medeia (a "gralha autoinvitada"). Fugindo do pai, Medeia assassina o irmão Absirto; após chegar à Grécia, ela mata os filhos de Jasão, ao ser abandonada pelo herói. A "pega loquaz" é o navio Argo, construído com o carvalho falante de Dodona (o "caônio lenho"): a nau é dotada de voz e capacidade profética.

πάλιν δ' ὁ πέτρας ἀσκέρας ἀνειρύσας
καὶ φασγάνου ζωστῆρα καὶ ξίφος πατρός,
ὁ Φημίου παῖς, Σκῦρος ᾧ λυγροὺς τάφους
κρημνῶν ἔνερθεν αἰγίλιψ ῥοιζουμένων   1.325
πάλαι δοκεύει τὰς ἀταρχύτους ῥιφάς,
σὺν θηρὶ βλώξας τῷ σπάσαντι δηίας
Μύστῃ Τροπαίας μαστὸν εὔθηλον θεᾶς,
ζωστηροκλέπτης, νεῖκος ὤρινεν διπλοῦν,
στόρνην τ' ἀμέρσας καὶ Θεμισκύρας ἄπο   1.330
τὴν τοξόδαμνον νοσφίσας Ὀρθωσίαν.
ἧς αἱ ξύναιμοι, παρθένοι Νεπτουνίδος,
ἔριν λιποῦσαι, Λάγμον, ἠδὲ Τήλαμον,
καὶ χεῦμα Θερμώδοντος Ἀκταῖόν τ' ὄρος,
ποινὰς ἀθέλκτους θ' ἁρπαγὰς διζήμεναι,   1.335
ὑπὲρ κελαινὸν Ἴστρον ἤλασαν Σκύθας
ἵππους, ὁμοκλήτειραν ἱεῖσαι βοὴν
Γραικοῖσιν ἀμνάμοις τε τοῖς Ἐρεχθέως.
καὶ πᾶσαν Ἀκτὴν ἐξεπόρθησαν δορί,
τοὺς Μοψοπείους αἰθαλώσασαι γύας.   1.340

E veio quem das rochas extraiu sandálias,
a espada paternal, o blodrié da adaga,
o filho do Enunciante: há muito Esciro íngreme
observa abaixo em sibilantes precipícios
seu lúgubre sepulcro, a queda insepulta.[209]
Chegando com a fera Miste que sugava
mamilos fartos da divina Desviante
e hostil, o rouba-cinto suscitou querela
dupla: furtou o cinturão, raptou a Reta
Ortósia de Temíscira, que a flecha abate.[210]
Suas irmãs, as virgens neptunidas, deixam
para trás Lagmos, Éris, Télamos, o fluxo
do Termodonte e a montanha Fímbria, ávidas
de vingança e implacável saque. Impeliram
os cavalos dos citas para além do escuro
Istro. Ululam ameaças contra os gregos
e os descendentes de Erecteu: enristam lanças
a fim de aniquilar completamente a Ática.
Incineram as pradarias mopsopianas.[211]

---

[209] Alexandra passa a falar de Teseu. O herói grego é, nesta versão, tanto filho de Egeu (de quem encontra as armas sob uma pedra, cf. versos 494-8) como de Posêidon (o "Enunciante"). Teseu foi morto por Licomede, rei de Esciro, que o lançou ao mar de um penhasco.

[210] Acompanhado de Héracles (a "fera" que na infância sugou o leite de Hera, a "Desviante e hostil"), Teseu rouba o cinto de Hipólita, a rainha das Amazonas, e rapta Antíope ("Reta Ortósia de Temíscira"), em mais uma agressão da Europa contra a Ásia. Note-se que a "hostil" Hera remete a outro aspecto da relação entre a deusa e Héracles, presente na tragédia *Héracles*, de Eurípides.

[211] Como revide, as Amazonas ("virgens neptunidas", que habitavam a Ásia Menor) atacam a Ática (terra dos descendentes de Erecteu e de Mopsopo) em seus cavalos, deixando para trás os rios Télamos, Lagmos, Éris e Termodonte, na Cítia, além do rio Danúbio ("escuro Istro").

πάππος δὲ Θρήκης οὑμὸς αἰστώσας πλάκα
χώραν τ᾽ Ἐορδῶν καὶ Γαλαδραίων πέδον,
ὅρους ἔπηξεν ἀμφὶ Πηνειοῦ ποτοῖς,
στερρὰν τραχήλῳ ζεῦγλαν ἀμφιθεὶς πέδαις,
ἀλκῇ νέανδρος, ἐκπρεπέστατος γένους.   1.345
ἡ δ᾽ ἀντὶ τούτων τάρροθον βοηλάτην
τὸν ἐξάπρυμνον, στέρφος ἐγχλαινούμενον,
στείλασα, λίστροις αἰπὺν ἤρειψεν πάγον,
τὸν ἡ παλίμφρων Γοργὰς ἐν κλήροις θεῶν
καθιερώσει, πημάτων ἀρχηγέτις.   1.350
αὖθις δὲ κίρκοι, Τμῶλον ἐκλελοιπότες
Κίμψον τε καὶ χρυσεργὰ Πακτωλοῦ ποτά,
καὶ νᾶμα λίμνης, ἔνθα Τυφῶνος δάμαρ
κευθμῶνος αἰνόλεκτρον ἐνδαύει μυχόν,
Ἄγυλλαν Αὐσονῖτιν εἰσεκώμασαν,   1.355
δεινὴν Λιγυστίνοισι τοῖς τ᾽ ἀφ᾽ αἵματος
ῥίζαν γιγάντων Σιθόνων κεκτημένοις
λόγχης ἐν ὑσμίναισι μίξαντες πάλην.
εἷλον δὲ Πῖσαν καὶ δορίκτητον χθόνα
πᾶσαν κατειργάσαντο τὴν Ὄμβρων πέλας   1.360
καὶ Σαλπίων βεβῶσαν ὀχθηρῶν πάγων.

E meu ancestre, devastando os plainos trácios,
o solo galadreu e a terra dos eordos,
fixou o signo nos confins do rio Peneu,
impondo a cepe do acre jugo na cerviz,
guerreiro efebo, ilustríssimo de estirpe.[212]
Em represália, a Europa enviou boieiro
hexanavios em sua defesa, empelissado
em couro, e revirou com alvião o pico,
a quem, retropensando, Gorgas consagrou
entre os eternos, antes lhe causando agruras.[213]
Então, falcões, abandonando o Tmolo, o Cimpso,
os veios de ouro do Pactolo, a mansidão
das águas do paul, onde a mulher de Tífon
dorme no leito aterrador em gruta funda,
irromperam na ausônia Agila, misturando-se
com lígures e gentes cuja ascendência
remontava ao terrível sangue dos gigantes
sitônios, ao conflito árduo de suas lanças.
Tomaram Pisa, e o território lanciaflito
todo ele conquistaram, compreendido entre
a Úmbria Sômbria e as cúspides dos Alpes altos.[214]

---

[212] Um antepassado de Alexandra, Ilos, invadiu a Trácia e a Macedônia ("solo galadreu", "terra dos eordos"), fixando-se no rio Peneu, na Tessália.

[213] Em represália pela invasão, a Europa envia Héracles ("boieiro", devido ao episódio dos bois de Gérion) contra Troia, com seis navios ("hexanavios"). O herói trajava a pele do leão nemeu. Hera (Gorgas) aceita, por fim, que Héracles ingresse no Olimpo.

[214] Tirreno e Lido (os "falcões"), filhos de Átis, rei da Lídia, invadiram a Ausônia. Eles partem do rio Cimpso e do rio Pactolo (que escoa do monte Tmolo), e do lago onde morava Equidna, mulher de Tífon. Os invasores lídios se juntam aos habitantes da Ligúria e aos descendentes dos

λοῖσθος δ' ἐγείρει γρυνὸς ἀρχαίαν ἔριν,
πῦρ εὗδον ἤδη τὸ πρὶν ἐξάπτων φλογί,
ἐπεὶ Πελασγοὺς εἶδε Ῥυνδακοῦ ποτῶν
κρωσσοῖσιν ὀθνείοισι βάψαντας γάνος.   1.365
ἡ δ' αὖθις οἰστρήσασα τιμωρουμένη
τριπλᾶς τετραπλᾶς ἀντιτίσεται βλάβας,
πορθοῦσα χώρας ἀντίπορθμον ἠόνα.
πρῶτος μὲν ἥξει Ζηνὶ τῷ Λαπερσίῳ
ὁμώνυμος Ζεύς, ὃς καταιβάτης μολὼν   1.370
σκηπτῷ πυρώσει πάντα δυσμενῶν σταθμά.
σὺν ᾧ θανοῦμαι, κἂν νεκροῖς στρωφωμένη
τὰ λοίπ' ἀκούσω ταῦθ', ἃ νῦν μέλλω θροεῖν.
ὁ δεύτερος δέ, τοῦ πεφασμένου κέλωρ
ἐν ἀμφιβλήστροις ἔλλοπος μυνδοῦ δίκην,   1.375
καταιθαλώσει γαῖαν ὀθνείαν, μολὼν
χρησμοῖς Ἰατροῦ σὺν πολυγλώσσῳ στρατῷ.
τρίτος δ', ἄνακτος τοῦ δρυηκόπου γόνος,
τὴν τευχοπλάστιν παρθένον Βραγχησίαν
παραιολίξας βῶλον ἐμπεφυρμένην   1.380

O último brandão reacende a ira antiga,
reinflamando o fogo já adormecido,
quando a Ásia vê pelásgios extrairem luz
das águas do Rindaco em bilha estrangeira.
A fúria aferra o antagonista que se vinga,
cobrando, em troca, ao triplo, a quádrupla ruína:
devasta a encosta contraposta à sua margem.[215]
Um Zeus homônimo de Zeus Lapércio chega
primeiramente: da catábase celeste,
seu raio queimará o lar dos inimigos.
Morrerei a seu lado. Errando entre cadáveres,
hei de escutar o que estou prestes a troar.[216]
Já o segundo é filho de quem morrerá
na rede como um peixe áfono calado.
Sua tropa poliglota incendiará a terra
estranha. Cumpre assim o oráculo do Médico.[217]
O terceiro, herdeiro do senhor lenheiro,
iludirá a virgem branquesiana oleira
que endurecia um torrão rente à ribeira:

---

gigantes da Sitônia (Trácia). Os tirrenos (etruscos) ocupam Pisa e a Úmbria (Sômbria).

[215] O troiano Páris ("último brandão") reacende a disputa entre Europa e Ásia. Ao raptar Helena, ele vinga a Ásia, que havia sofrido o ataque dos Argonautas (pelásgios), avistados no rio Rindaco quando invadiram a Cólquida. A Europa ("antagonista"), por sua vez, terá sua desforra com as sucessivas expedições gregas na Ásia.

[216] A primeira expedição, contra Troia, é liderada por Agamêmnon (alcunhado Zeus, cf. versos 335 e 1.124), que, após voltar da guerra, é assassinado junto com Alexandra. A profetisa troiana antevê até as incursões que ocorrerão após sua morte.

[217] A segunda expedição é conduzida por Orestes, filho de Agamêmnon (que morreu após ser enlaçado em uma rede). Ele invade a região noroeste da Ásia Menor obedecendo ao oráculo de Apolo (Médico).

νασμοῖς ὀρέξαι τῷ κεχρημένῳ δάνος,
σφραγῖδα δέλτῳ δακτύλων ἐφαρμόσαι,
φθειρῶν ὀρείαν νάσσεται μοναρχίαν,
τὸν πρωτόμισθον Κᾶρα δῃώσας στρατόν,
ὅταν κόρη κασωρὶς εἰς ἐπείσιον   1.385
χλεύην ὑλακτήσασα κηκάσῃ γάμους
νυμφεῖα πρὸς κηλωστὰ καρβάνων τελεῖν.
οἱ δ' αὖ τέταρτοι τῆς Δυμαντείου σπορᾶς,
Λακμώνιοί τε καὶ Κυτιναῖοι Κόδροι,
οἳ Θίγρον οἰκήσουσι Σάτνιόν τ' ὄρος,   1.390
καὶ χερσόνησον τοῦ πάλαι ληκτηρίαν
θεᾷ Κυρίτᾳ πάμπαν ἐστυγημένου,
τῆς παντομόρφου βασσάρας λαμπούριδος
τοκῆος, ἥτ' ἀλφαῖσι ταῖς καθ' ἡμέραν
βούπειναν ἀλθαίνεσκεν ἀκμαίαν πατρός,   1.395
ὀθνεῖα γατομοῦντος Αἴθωνος πτερά.

seria grato se lhe desse o necessário
para imprimir o selo de um anel na tábua.[218]
Fundará seu império nos confins dos ftiros,
destruindo a protomercenária tropa cária,
quando sua filha puta contra o próprio púbis
grunhindo bromas vilipendiar as bodas
efetivadas em bordéis de homens bárbaros.[219]
Em quarto, os descendentes de Dimante, os codros
lacmônios e citíneos, hão de residir
no monte Sátnio, Tigro e na extremidade
peninsular de quem foi plenitotalmente
odiado anteriormente pela diva Círita,
o pai de uma raposa zorra transformista,
cujas entradas cotidianas mitigavam
a fome cavalar do genitor Ardor,
roteador de leiva em terras de terceiros.[220]

---

[218] A terceira expedição a buscar vingança associa-se à colonização
da Jônia, levada a cabo por Neleu, filho de Codro (este foi o último rei de
Atenas que, disfarçado de lenhador, provocou a própria morte para impedir a invasão dos dórios). Segundo o oráculo, Neleu fundaria uma cidade
onde recebesse água e terra. Ao chegar à Cária, pede à filha ("branquesiana", por cária) de um oleiro argila úmida para fixar o selo. Ao recebê-la,
funda Mileto.

[219] Neleu estende seu reino até os confins da Cária ("ftiros") desba-
ratando o exército. O outro oráculo de Neleu é, para dizer o mínimo, ex-
travagante. Ele ouve que deveria fixar-se no local indicado pela filha. Ao
chegar a Mileto, vê a filha Peiró, nua, bradando ao próprio sexo que se en-
tregaria a algum homem em Atenas ou em Mileto. Neleu conclui que deve se fixar em Mileto.

[220] A quarta expedição refere-se à colonização dórica (descendentes
de Dimante) na Ásia, na região de Tigro, de Sátnios (locais não identificados) e da península de Cnidos. Ali, a filha de Erisícton (o Ardor) transfor-
mava-se em diferentes animais e era vendida para salvar o pai, vítima da
Fome enviada por Deméter (a diva círita), por ele ter derrubado um bosque consagrado à deusa (cf. Ovídio, *Metamorfoses*, VIII, 846-78).

ὁ Φρὺξ δ', ἀδελφὸν αἷμα τιμωρούμενος,
πάλιν τιθηνὸν ἀντιπορθήσει χθόνα
τοῦ νεκροτάγου, τὰς ἀθωπεύτους δίκας
φθιτοῖσι ῥητρεύοντος ἀστεργεῖ τρόπῳ.   1.400
ὃς δή ποτ' ἀμφώδοντος ἐξ ἄκρων λοβῶν
φθέρσας κύφελλα καλλυνεῖ παρωτίδας,
δαπταῖς τιτύσκων αἱμοπώταισιν φόβον.
τῷ πᾶσα Φλεγρὰς αἶα δουλωθήσεται
Θραμβουσία τε δειρὰς ἥ τ' ἐπάκτιος   1.405
στόρθυγξ Τίτωνος αἵ τε Σιθόνων πλάκες
Παλληνία τ' ἄρουρα, τὴν ὁ βούκερως
Βρύχων λιπαίνει, γηγενῶν ὑπηρέτης.
πολλῶν δ' ἐναλλὰξ πημάτων ἀπάρξεται
Κανδαῖος ἢ Μάμερτος, ἢ τί χρὴ καλεῖν   1.410
τὸν αἱμοφύρτοις ἐστιώμενον μάχαις;
οὐ μὰν ὑπείξει γ' ἡ 'πιμηθέως τοκάς,
ἀλλ' ἀντὶ πάντων Περσέως ἕνα σπορᾶς
στελεῖ γίγαντα, τῷ θάλασσα μὲν βατὴ
πεζῷ ποτ' ἔσται, γῆ δὲ ναυσθλωθήσεται   1.415
ῥήσσοντι πηδοῖς χέρσον. οἱ δὲ Λαφρίας

Para vingar o sangue de um irmão, o frígio
empreenderá nova devastação do solo
que nutre o necrolíder sentenciador
austero de resoluções aos perecidos.
Há de anular um dia o pavilhão de asno
desde a raiz dos lóbulos ornando as têmporas.
Infundirá temor em chupassangues ávidos.[221]
Toda região de Flegras a ele se sujeita,
a cordilheira de Trambúsio, o promontório
titônio, os páramos sitônios, as campinas
palenianas, onde o Mugidor corni-
bovino engorda, servidor dos terrinatos.[222]
Um rol quase infinito de revés recíproco,
Candaios ou Mamerto impõe: denominar
de que maneira a quem a rusga nutre rubra?
A mãe de Epimeteu mantém-se irredutível:
como resposta, mandará um ser gigante
da raça de Perseu. O mar lhe há de ser
percorrível a pé e, navitransitável,
o solo, submetido ao remo.[223] O lar da Láfria

---

[221] A Ásia envia à Trácia e Macedônia o rei da Frígia, Midas, vincu-
lado a Troia por vizinhança. O rei que, para espantar as moscas, cortará
suas orelhas de asno (impostas a ele por ter preferido Pã a Apolo num con-
curso musical, cf. *Metamorfoses*, XI, 172-93), invade a terra natal de Minos, filho de Europa e um dos juízes dos ínferos (cf. *Odisseia*, XI, 568-71).

[222] Midas conquista a Calcídica, região da cordilheira Trambúsia,
do monte Títon e de Palene, península onde morava Bricon, deus-rio (re-
presentado com dois cornos) que servia aos gigantes locais ("terrinatos").

[223] Os conflitos entre Ásia (mãe de Epimeteu) e Europa prosseguem,
alimentados por Ares (Candaios, Mamerto), o deus da guerra. Alexandra
volta-se agora para Xerxes (o "gigante" descendente de Perseu) e sua ação
contra a Grécia na segunda guerra médica (480 a.C.). Xerxes constrói,
com embarcações, uma ponte para seu exército atravessar o Helesponto
(cf. Ésquilo, *Persas*, versos 722 e 736).

οἶκοι Μαμέρσας, ἠθαλωμένοι φλογὶ
σὺν καλίνοισι τειχέων προβλήμασι
τὸν χρησμολέσχην αἰτιάσονται βλάβης,
ψαίνυνθα θεσπίζοντα Πλούτωνος λάτριν.   1.420
στρατῷ δ᾽ ἀμίκτῳ πᾶσα μὲν βρωθήσεται,
φλοιῶτιν ἐκδύνουσα δίπλακα σκέπην,
καρποτρόφος δρῦς ἀγριάς τ᾽ ὀρειθαλής.
ἅπας δ᾽ ἀναύρων νασμὸς αὐανθήσεται,
χανδὸν κελαινὴν δίψαν αἰονωμένων.   1.425
κύφελλα δ᾽ ἰῶν τηλόθεν ῥοιζουμένων
ὑπὲρ κάρα σιήσουσι, Κίμμερός θ᾽ ὅπως,
σκιὰ καλύψει πέρραν, ἀμβλύνων σέλας.
Λοκρὸν δ᾽ ὁποῖα παῦρον ἀνθήσας ῥόδον,
καὶ πάντα φλέξας, ὥστε κάγκανον στάχυν,   1.430
αὖθις παλιμπλώτοιο γεύσεται φυγῆς,
μόσσυνα φηγότευκτον, ὡς λυκοψίαν
κόρη κνεφαίαν, ἄγχι παμφαλώμενος,
χαλκηλάτῳ κνώδοντι δειματουμένη.
πολλοὶ δ᾽ ἀγῶνες καὶ φόνοι μεταίχμιοι   1.435
λύσουσιν ἀνδρῶν οἱ μὲν ἐν γαίᾳ πάλας
δειναῖσιν ἀρχαῖς ἀμφιδηριωμένων,

Mamersa Predadora, a flama o pulveriza
e a paliçada emadeirada das muralhas.
Inculparão pela ruína o palrador
de vaticínios pífios, servo de Plutão.[224]
O exército heteróclito devorará
completamente, até a última cortiça,
o roble vicejante ou seco das colinas.
Todo regato secará sem brisa, assim
que a sede negra, boquiabertos, umedeçam.
E os dardos das lonjuras nuvissibilantes,
iguais à sombra dos cimérios, sobre a testa,
eclipsarão o brilho ao encobrirem Râ.[225]
Mas, como a rosa lócria, aflora num momento,
e quando tudo arder igual à espiga seca,
saboreará a fuga retronavegante.
Avistará o lenho turriforme ao lado,
como a menina, ao lupofusco do crepúsculo,
apavortormentada escruta uma alabarda.[226]
Inúmeros conflitos e matanças hão
de anteceder o fim da hostilidade de homens
que entredisputarão, por terra, impérios hórridos,

---

[224] Os persas incendeiam Atenas (lar de Atena, a Láfria Mamersa Predadora) e sua acrópole, apesar da paliçada de madeira que, segundo um oráculo de Apolo ("servo de Plutão"), as protegeria (cf. Heródoto, VIII, 51; VII, 141).

[225] Após a invasão, o exército de Xerxes passa a sofrer de fome e sede, sendo obrigado a comer tudo que vê pela frente, até as cascas das árvores. Os rios secam para matar a sede dos persas.

[226] Mesmo em grande número, pois suas flechas e dardos encobriam a luz do Sol (referido pelo nome egípcio Rã), os persas perdem a batalha de Salamina para os gregos e são obrigados a se retirar com seus navios. Alexandra usa as imagens da rosa lócria (que murcha logo após florescer) e da menina com medo para caracterizar a fragorosa derrota de Xerxes.

οἱ δ' ἐν μεταφρένοισι βουστρόφοις χθονός,
ἕως ἂν αἴθων εὐνάσῃ βαρὺν κλόνον,
ἀπ' Αἰακοῦ τε κἀπὸ Δαρδάνου γεγὼς   1.440
Θεσπρωτὸς ἄμφω καὶ Χαλαστραῖος λέων,
πρηνῆ θ' ὁμαίμων πάντα κυπώσας δόμον
ἀναγκάσῃ πτήξαντας Ἀργείων πρόμους
σῆναι Γαλάδρας τὸν στατηλάτην λύκον
καὶ σκῆπτρ' ὀρέξαι τῆς πάλαι μοναρχίας.   1.445
ᾧ δὴ μεθ' ἕκτην γένναν αὐθαίμων ἐμὸς
εἷς τις παλαιστής, συμβαλὼν ἀλκὴν δορὸς
πόντου τε καὶ γῆς κεὶς διαλλαγὰς μολών,
πρέσβιστος ἐν φίλοισιν ὑμνηθήσεται,
σκύλων ἀπαρχὰς τὰς δορικτήτους λαβών.   1.450
τί μακρὰ τλήμων εἰς ἀνηκόους πέτρας,
εἰς κῦμα κωφόν, εἰς νάπας δασπλήτιδας
βαύζω, κενὸν ψάλλουσα μάστακος κρότον;
πίστιν γὰρ ἡμῶν Λεψιεὺς ἐνόσφισε,
ψευδηγόροις φήμαισιν ἐγχρίσας ἔπη,   1.455
καὶ θεσφάτων πρόμαντιν ἀψευδῆ φρόνιν,
λέκτρων στερηθεὶς ὧν ἐκάλχαινεν τυχεῖν.

ou no costado oceânico bovinutriz,
até que, flamejante, à barafunda aplaque
alguém da mesma raça de Éaco e de Dárdano,
leão tesprótio e, a um só tempo, calastreu.[227]
Fará pender a moradia dos ancestres,
forçando hegêmones argivos aturdidos
a balouçar a cauda ao lupiestrategista
de Galadra. Concede o cetro de monarca.[228]
E um parente meu, na sexta geração,
um pugilista, avesso a ele, há de terçar
espada mar adentro e pelo continente.
Aufere um pacto hineado por confrades
com primícias do espólio bronziconquistado.[229]
Por que, infeliz, à pedra surda, à onda muda,
aos vales arredios, permito que me escape
da bocarra, sem préstimo e sem trégua, o som?
O deus Lepsieu privou-me de ser crível, quando
infundiu-me o rumor mendace das parolas
e a profecia verdadeira dos oráculos,
fora do leito pelo qual empurpurava.[230]

---

[227] Os conflitos entre Ásia e Europa, que continuam por mar e terra, só cessarão com o surgimento de Alexandre, o Grande (356-323 a.C.), descendente de Éaco e Dárdano, filho da tesprota (nascida no Épiro) Olímpia e do rei macedônio (calastreu) Felipe II.

[228] Alexandre, o "lupiestrategista" da cidade macedônia de Galadra, vai se impor sobre seus irmãos e sobre os persas ("hegêmones argivos", pois especulava-se que o argivo Perseu fosse ancestral dos persas, cf. Heródoto, VII, 61, 3) e tornar-se rei.

[229] Esta enigmática figura, sobre a qual os comentadores discutem ainda hoje, seria um romano (possivelmente o cônsul Marcus Valerius Corvus, c. 370-270 a.C.). Ele é exaltado como um grande lutador.

[230] Alexandra, concluindo sua fala, menciona a maldição de Apolo ("deus Lepsieu"), que concede a ela o dom da profecia, mas a impede de

θήσει δ' ἀληθῆ. σὺν κακῷ δέ τις μαθών,
ὅτ' οὐδὲν ἔσται μῆχος ὠφελεῖν πάτραν,
τὴν φοιβόληπτον αἰνέσει χελιδόνα.   1.460

Τόσσ' ἠγόρευε, καὶ παλίσσυτος ποσὶν
ἔβαινεν εἰρκτῆς ἐντός. ἐν δὲ καρδίᾳ
σειρῆνος ἐστέναξε λοίσθιον μέλος,
Κλάρου Μιμαλλών, ἢ Μελαγκραίρας κόπις
Νησοῦς θυγατρός, ἤ τι Φίκιον τέρας,   1.465
ἑλικτὰ κωτίλλουσα δυσφράστως ἔπη.
ἐγὼ δὲ λοξὸν ἦλθον ἀγγέλλων, ἄναξ,
σοὶ τόνδε μῦθον παρθένου φοιβαστρίας,
ἐπεί μ' ἔταξας φύλακα λαΐνου στέγης
καὶ πάντα φράζειν κἀναπεμπάζειν λόγον   1.470
ἐτητύμως ἄψορρον ὤτρυνας τρόχιν.
δαίμων δέ φήμας εἰς τὸ λῷον ἐκδραμεῖν
τεύξειεν, ὅσπερ σῶν προκήδεται θρόνων,
σώζων παλαιὰν Βεβρύκων παγκληρίαν.

Ele a fará veraz. Quem a compreender,
quando não for possível socorrer o país,
há de louvar o pássaro que Apolo aplaca."[231]

Foi o que dela ouvi. O pé retrocedeu
aos recessos do cárcere. No coração,
chorou o canto derradeiro da Sereia,
como ministra dionisíaca de Claro,
como uma intérprete da filha Testinegra
de Neso ou monstro fício balbuciando, sem
articular, palavras retorcidas.[232] Vim
reportar-lhe, senhor, a elocução oblíqua
da moça apolipossuída, pois mandaste-me
vigiar sua cela pétrea e repetir exato
o que ela proferisse, como um núncio crível.
Um deus preserve o trono de tua pertença
e arvore um fim de augúrio a tudo o que ela disse!
Mantenha a herança dos bebrícios de eras priscas![233]

---

comunicá-la (ou de ser acreditada no que diz), punindo assim a filha do
rei Príamo pela recusa de seu amor.

[231] Alexandra declara que será louvada quando suas palavras forem
comprovadas pela história.

[232] Voltando a fala ao guardião do cárcere de Alexandra (a "ministra dionisíaca de Claro", designação de Apolo), o mesmo conclui seu re-
latório a Príamo. A fala profética de Alexandra é comparada à da Sibila,
filha de Neso e Dárdano, e à da Esfinge, "monstro fício" (a partir do monte tebano onde habitava).

[233] Como prometera nos versos iniciais, o mensageiro afirma ter re-
produzido fielmente a fala de Alexandra. Ele deseja boa sorte ao rei, e que
as profecias de sua filha não se cumpram, preservando os descendentes dos
bebrícios (antigos habitantes de Troia, cf. versos 516 e 1.305).

Sinopse do poema*

1-30: Prólogo. Palavras do guardião de Alexandra ao rei
Príamo.

31-1.460: Profecias de Alexandra.
31-51: Primeira destruição de Troia, por Héracles.
52-85: Previsão da segunda queda de Troia. Enone.
O mito de Dárdano.
86-179: Rapto de Helena por Páris. Seus cinco
maridos: Teseu, Páris, Menelau, Deífobo e
Aquiles. O mito de Pélops.
180-201: Sacrifício de Ifigênia. Aquiles procura por
ela.
202-218: Os gregos prestam juramentos, fazem
sacrifícios e iniciam a expedição.
219-228: O lamento de Alexandra sobre as profecias
de Príli e Esaco.
229-231: Os gregos chegam a Tênedos.
232-257: Aquiles mata Cicnos e seus filhos em
Tênedos. Chegada a Troia. Inicia-se a luta.
258-306: Morte de Heitor. Suas proezas militares.
Morte de Aquiles.

---

* Adotou-se como base o quadro apresentado por Lorenzo Mascialino em *Alejandra*, Barcelona, Alma Mater, 1956, pp. xxi-xxiii.

307-334: Lamentação pela morte de Troilo, Laódice, Polixena e Hécuba.

335-347: Morte de Príamo; o cavalo de madeira.

348-364: Ájax lócrio viola Alexandra.

365-386: Inúmeros gregos sofrerão as consequências desse ato, naufragando ao mar. A vingança de Náuplios.

387-407: Ájax lócrio morre num naufrágio no Egeu.

408-416: A Grécia lamenta a sucessão de mortes.

417-1.282: Retorno dos gregos (*nostoi*).

> 417-446: Fênix é enterrado em Eiôn, no Estrimo; Calcas, Idomeneu e Estênelo em Cólofon, na Jônia; Mopsos e Anfíloco na Cilícia.
>
> 447-591: Teucro, Agapénor, Acamas, Cefeu e Praxandros chegam ao Chipre.
>
> 592-632: Diomedes funda Argiripa na Dâunia. Destino de seus companheiros. Culto de Diomedes.
>
> 633-647: Beócios desembarcam nas ilhas Baleares.
>
> 648-819: Périplo de Odisseu ("*Odisseia* de Lícofron").
>
> > 648: Comedores de lótus.
> >
> > 649-656: Cila.
> >
> > 653-654: As Sereias.
> >
> > 655-658: Só Odisseu sobrevive.
> >
> > 659-661: Os Ciclopes.
> >
> > 662-665: Os Lestrigões.
> >
> > 666-672: Recapitulação e transição.
> >
> > 673-680: Circe.
> >
> > 681-687: Descida ao mundo dos mortos (*Nékuia*).

688-693: Pitecusa, os Gigantes e Cercopes.

694-711: Campânia.

712-737: Morte das Sereias.

738-739: Éolo e o odre com vento.

740: Punição de Zeus pelo consumo do gado do Sol.

741-743: Pela segunda vez, Odisseu escapa de Caribde.

744: Odisseu permanece com Calipso.

745-761: Dificuldades de Odisseu no mar; seu barco.

761-765: Odisseu na Feácia.

766-767: Alexandra invoca Posêidon.

768-819: Odisseu em Ítaca. Morte do herói.

820-876: Périplo de Menelau em busca de Helena.

828-833: Mirra e Adônis.

834-846: Andrômeda e Perseu.

847-851: Menelau busca Helena no Egito.

852-876: Menelau no Ocidente, na Sicília e em Elba.

877-910: Naufrágio de Guneu, Prótoo e Eurípilo na costa líbia.

911-929: Morte e culto de Filoctetes em Lucânia.

930-950: Passagem de Epeu pela Lagária.

951-977: Fundações troianas na Sicília.

978-992: Colonização grega na baía de Tarento.

993-1.010: Colonização em Creta e Terina. Tersites e as Amazonas.

1.011-1.026: Nireu e Toas na Líbia e Ilíria.

1.027-1.033: Colonização em Malta.

1.034-1.046: Périplo de Elefénor.

1.047-1.066: Sepulcro e oráculo de Podalire na Apúlia.

1.067-1.082: Colonização focense em Têmesa; morte de Setea.

1.083-1.089: Colonização em Lucânia. Recapitulação.

1.090-1.282: Sofrimento dos gregos que retornarão à pátria. Futura glória dos troianos. Roma.

1.090-1.098: Náuplios provoca desgraças familiares entre os gregos.

1.099-1.140: Morte de Agamêmnon e Alexandra por Clitemnestra, e de Clitemnestra por Orestes. Cultos dos dois primeiros.

1.141-1.173: Virgens lócrias.

1.174-1.188: O destino de Hécuba.

1.189-1.213: Culto de Heitor em Tebas.

1.214-1.225: Ruína familiar de Idomeneu em Creta.

1.226-1.282: Grandeza de Roma. Rômulo e Remo. Eneias.

1.283-1.450: Os conflitos entre Ásia e Europa.

1.283-1.290: O rompimento entre Ásia e Europa.

1.291-1.295: Io.

1.296-1.308: Rapto de Europa e ocupação de Troia pelos cretenses.

1.309-1.321: Rapto de Medeia e roubo do velocino de ouro pelos Argonautas.

1.322-1.331: Rapto das Amazonas por Teseu e Héracles.

1.333-1.340: As Amazonas devastam a Ática.

1.341-1.350: Ilos devasta a Trácia e a Macedônia. Héracles saqueia Troia.

1.351-1.361: Conquista da Etrúria por Tirreno.

1.362-1.365: Rapto de Helena por Páris.

1.366-1.396: Conquistas na Ásia Menor por Agamêmnon, Orestes, Neleu e os dórios.

1.397-1.408: O rei Midas, da Frígia, invade a Trácia e a Macedônia.

1.409-1.434: Expedição de Xerxes contra a Grécia.

1.435-1.450: Triunfo de Alexandre, o Grande. Reconciliação entre os dois continentes. Aparecimento, seis gerações depois, de um grande general romano.

1.451-1.460: Alexandra lamenta que ela e suas profecias só serão louvadas no futuro.

1.461-1.474: Palavras finais do guardião de Alexandra ao rei Príamo.

Índice de nomes*

Abante: avô de Elefénor, 1.034.
Abantes: povo da Eubeia, 1.037, 1.043-6. Cf. Elefénor.
Abas: cidade da Fócida, 1.074.
Aborígenes: antigos habitantes do Lácio, 1.253.
Absíntios: povo da Trácia, 418.
Absirto: filho de Eetes, irmão de Medeia, 1.318.
Acaia: cf. aqueus, bureus, Cefeu, Dime, Olenos, pelênios.
Acamas: filho de Teseu, neto de Egeu, 494-8, 501 ss.
Acarnânia: cf. Curetes.
Aciris: cf. Círis.
Acrocerâunia: cf. Cerâunia.
Acte: Ática, 111, 1.339.
Acteu: montanha de identificação discutida: Atos; ou situada na Cítia, 1.334.
Acteus: áticos, 504.
Adonis: cf. Gavante.
Afarétidas: Idas e Linceu, filhos de Afareu, 517 ss., 535-66.
Afareu: pai de Idas e Linceu; sua tumba localiza-se em Amicles, 559.
Afrodite: mãe de Érix e Eneias, 867, 958, 1.234, 588 ss.; Alentia, 868; Arenta, 832; Cástnia, 403, 1.234; Cíprida, 112, 1.143; Colótis, 867; Esqueneida, 832; Melina, 403; Morfo, 449; Quérada, 1.234; Trezênia, 610; hospitaleira, 832; Zeríntia, 449, 958.
Agamêmnon: cf. Zeus.
Agamêmnon: esposo de Clitemnestra, pai de Orestes, 1.124 ss., 1.369 ss.

---

* Adotou-se como critério indicar a posição dos vocábulos com base nos versos do original grego. Às vezes, a correlação com a tradução não é exata. O leitor poderá notar também que algumas palavras, por serem "falantes" em grego, foram recriadas em português.

Agapénor: arcádio, 479-85.

Agila: cidade da Etrúria, 1.241, 1.355.

Agrisca: cf. Atena.

Ájax: lócrio, filho de Oileu, 357 ss., 365-72, 387-402, 408-16, 1.141 ss., 1.150.

Ájax: telamônio, filho de Telamôn, 452-66.

Alalcómenas: cf. temício.

Alalcomeneida: cf. Atena.

Alcmena: esposa de Anfitríon, mãe de Héracles, 33, 935.

Aleno: meio-irmão de Diomedes, 619-24.

Alentia: cf. Afrodite.

Aleo: cf. Apolo.

Ales: rio de Cólofon, 425.

Alétida: cf. Atena.

Alexandra: Cassandra: bisneta de Ilos, filha de Príamo e Hécuba, sobrinha de Hesíone, irmã de Laódice e Polixena, de Troilo, de Heitor, prima de Teucro, 3-7, 30, 258, 264, 280, 304, 308, 314 ss., 319, 348-65, 411 ss., 452-68, 512, 1.089, 1.108-19, 1.126-43, 1.174, 1.189, 1.226 ss., 1.341, 1.372 ss., 1.446, 1.451-74. Cf. Bacantes.

Almópia: região da Macedônia, 1.238.

Alpes: Alpia. Cf. Salpia.

Alteno: rio da Dâunia, 1.053.

Amântia: cidade do Épiro, 1.043.

Amazonas: 1.329-40; Cleta, 995-1.007; Hipólita, 1.329 ss.; Mirina, 243; Neptunidas, 1.332; Ortósia: Antíope, 1.331; Pentesileia, 997-1.001.

Amebeu: cf. Posêidon.

Amicles: cf. Afareu.

Amíntor: pai de Fênix, 421 ss.

Anceu: árcade, pai de Agapénor, 486-90.

Andrômeda: 836-41.

Anemoreia: cidade da Fócida, 1.073.

Anfibeu: cf. Posêidon.

Anfíloco: adivinho, 439-46.

Anfira: cf. Atena.

Anfisa: cidade da Fócida, 1.074.

Anfitríon: esposo de Alcmena, 935.

Anfrísios: tessálios, 900.

Angesos: povo da Dâunia, 1.058.

Ânio: filho de Apolo e Roió, pai das Enotropas, 570-6.

Anquises: pai de Elimo e Eneias, 965, 1.265.

Antédon: cidade da Beócia, de fundação trácia, 754.

Antenor: príncipe troiano, 340 ss.

Anteu: filho de Antenor, 134.

Antíope: cf. Amazonas.

Áones: povo da Beócia, 1.209.

Aorno: cf. Averno.

Apeninos: cf. Polidegmôn.

Apolo: 208, 265, 313, 352 ss., 521-3, 561-3, 570, 1.207-10, 1.416-20, 1.454-60; Aleo, 920; Cérdoo, 208; Ceto, 426; Cipeu, 426; Delfínio, 208; Dereno, 440; Drimas, 522; Esciastes, 562; Hílato, 448; Horites, 352; Iatro, 1.207, 1.377; Lepsieu, 1.454; Lépsio, 1.207; Molossos, 426; Orquieu, 562; Patareu, 920; Ptoo, 265, 352; Telfúsio, 562; Termínteo, 1.207; Toreu, 352; Zosterio, 1.278.

Apúlia: cf. Dâunia, península Salentina.

Aqueloo: pai das Sereias, filho de Tétis, 671, 712.

Aqueronte: rio do Hades, 90, 411. Cf. Tênaro.

Aquerúsia: lago próximo de Cumas; hoje lago Fusaro, 695 ss.

Aqueus: de Bura, Dime e Olenos, no Chipre; na Itália; pelênios, 447, 586-91, 922, 978 ss., 1.006 ss., 1.075 ss.

Aquiles: filho de Peleu e Tétis, pai de Neoptólemo, 143, 172 ss., 186 ss., 200, 232 ss., 240 ss., 245 ss., 260-80, 309 ss., 419, 798, 859-65, 999 ss.

Árcades: 479-83.

Arenta: cf. Afrodite.

Ares: 249 ss., 518, 938; Candáon, 938; Candeu, 1.410; Mamerto, 938, 1.410.

Areto: rio da Ambrácia, 409.

Argirinos: povo do Épiro, 1.017.

Argiripa: cidade da Dâunia, 592.

Argivos: persas, 1.443.

Argo: nau dos Argonautas, 872, 883 ss., 890, 1.025, 1.274, 1.319 ss.

Argonautas: mínios, pelásgios, 872-6, 881 ss., 889 ss., 1.022 ss., 1.273 ss., 1.309 ss., 1.364 ss. Cf. Eetes, Jasão, Medeia, Mopsos, Tífis.

Arisba: filha de Teucro, neta de Escamandro e esposa de Dárdano, 1.308.

Arne: cidade da Beócia, 644.

Arno: cf. Lingeu.

Asbistas: líbios, 895.

Asbistes: o rio Nilo, 848.

Asclépio: pai de Macáon e Podalire, 1.047-1.055. Cf. Épio.

Ásia: 1.283, 1.412.

Astéria: cf. Delos.

Astério: soberano de Creta, 1.301.

Ate: monte da Frígia, 29.

Atena: Agrisca, 1.152; Alalcomeneida, 786; Alétida, 936; Anfira, 1.163; Bia, 520; Boarmia, 520; Borabilea, 786; Budea, 359; Cidônia, 936; Core, 359, 985; Escilétia, 853; Estênia, 1.164; Etia, 359; Fenícia, 658; Gigea, 1.152; Homoloida, 520; Láfria, 356, 985, 1.416; Longátida, 520, 1.032; Mamersa, 1.417; Mindiana, 950, 1.261; Palas, 355, 361 ss.; Palenida, 1.261; Partênia, 1.032; Pilátida, 356; Sálpinga, 915, 986; Traso, 936; Tritogênea, 519.

Atenas: 1.416 ss.

Ática: cf. Acte, acteus, Atenas, Diótimo, Erecteu, Mopsopo, mopsopianas.

Áticos: 509. Cf. acteus.

Atíntanes: povo do Eante médio, 1.044.

Atlântida: Electra, Calipso, 72, 744.

Atlas: pai de Electra e Calipso, avô de Dárdano, bisavô de Príli; sua morada: Líbia, 72, 221, 744, 879.

Átraces: habitantes de Átrace, na Tessália, 1.309.

Áufido: cf. Fílamos.

Ausigda: cidade da Líbia, 885.

Ausônio: estreito de Messina; da Dâunia; da Itália; da Tirrênia, 44, 593, 702, 1.047, 1.355.

Ausônios: dâunios; pelênios; aqueus, em Crotona, 615, 922.

Averno: lago da Campânia, 704.

Bacantes: tíades, tísas; Helena; Medeia; Cassandra: ênade, mênade; Penélope; lafistias, 106, 143, 175, 358, 505, 792, 1.237, 1.464.

Baco: cf. Dioniso.

Baio: cidade da Campânia, 694.

Baleares: cf. Gimnésias.

Bébrices: troianos, 516, 1.305, 1.474.

Befiro: rio da Macedônia, 274.

Beócia: cf. Alalcómenas, Antédon, Arne, áones, beócios, ectenes, Escolo, Graia, Hipsarno, Leontarne, Onquestos, Tebas, Tegira, têmices, têmidos, Termodonte.

Beócios: 633 ss., 1.206 ss., 1.338.

Bia: cf. Atena.

Biblos: cf. Mirra.

Bina: Ino-Leucótea, 107, 757.

Bisáltia: dos bisáltios, povo da Trácia, 417.

Bistones: povo da Trácia, 418.

Boagidas: cf. Héracles.

Boágria: rio da Lócrida, 1.146.

Boarmia: cf. Atena.

Bocaro: rio de Salamina, 451.

Bombilea: cf. Atena, temício.

Branquesia: Milésia, 1.379.

Bricon: rio de Palene, 1.408.

Brimó: cf. Hécate.

Brúcio: Calábria. Cf. Caulônia, Cleta, Crátis, Crímisa, Crotona, crotoniata, Enótria, Esaros, Filoctetes, Hipônio, Lacínio, Lameto, Lampétia, Laurete, Lino, Mácala, Náueto, Ocínaro, Têmesa, Terina, Tilésios.

Budea: cf. Atena.

Buleu: cf. Zeus.

Bureus: povo da Acaia, 591.

Cadmilo: cf. Hermes.

Cadmo: cf. Hermes.

Cafareu: cabo e rochedo da Eubeia, 373-86, 1.034-9, 1.095-8.

Caieta: cf. Eetes.

Calastreu: de Calastra, região da Macedônia, 1.441.

Calcas: adivinho grego, 424-30, 980 ss., 1.047.

Calíbdica: do Ponto ou Cítia, 1.109.

Cálidnas: ilhas próximas a Troia, 25, 347.

Calidnos: antigo soberano de Tebas, 1.209.

Calidônia: de Cálidon, cidade da Etólia, 486-93.

Calipso: cf. Atlântida.

Campânia: cf. Aquerúsia, Averno, Baio, cimérios, Cócito, Cumas, Epomeu, Fáleros, Gigantes, Glânis, Letêone, Misena, Nápoles, Ossa, Partenopa, Perséfone, Piriflegeto, Pitecusa, Polidegmôn, Sereias.

Canastreu: do extremo sul da península de Palene, 526.

Candaios: 1.410. Cf. Candáon, Ares.

Candáon: 328. Cf. Candaios, Ares, Hefesto.

Caônico: da Caônia, região do Épiro, 1.046, 1.320.

Capaneu: pai de Estênelo, 433 ss.

Cária: Ftiros, 149, 1.383 ss.

Caribde: monstro marinho, 668, 743.

Carnas: cidade da Arábia, pátria dos fenícios, 1.291.

Cárpatos: ilha próxima a Rodes, 924.

Cassandra: cf. Alexandra.

Cassifone: filha de Odisseu e Circe, meia-irmã de Telêmaco, 809-11.

Castanea: cidade da Magnésia, 907.

Cástnia: cf. Afrodita.

Cástor: cf. Dióscuros.

Catebates: cf. Zeus.

Cáulon: filho da Amazona Cleta, fundadora de Caulônia, 993-1.007.

Caulônia: cidade da costa oriental do Brúcio, 993-1.007.

Cefeu: aqueu, 447, 586-91.

Cefeu: etíope, 834, 844 ss.

Ceias: portas de Troia, 774.

Celtro: cf. Istro.

Centauro: cf. Cronos.

Ceramintes: cf. Héracles.

Cerastia: antigo nome do Chipre, 447.

Cerâunia: montanha do Épiro: Acrocerâunia, 1.017.

Cercafo: monte de Cólofon, 424.

Cercopes: transformados em macacos na ilha de Pitecusa, 691-3.

Cerdilas: cf. Zeus.

Cérdoo: cf. Apolo.

Cere: cf. Agila.

Cerne: ilha da costa oriental da África, 18.

Cerneátis: ilha de discutida identificação; Milos, segundo alguns comentadores, 1.084.

Ceto: cf. Apolo.

Chipre: 447-591, 826, 1.143. Cf. Cerastia, Esfécia, golgos, Sátraco, tamasia.

Ciclope: Polifemo, 659 ss., 765.

Cicnos: filho de Posêidon, pai de Hemitea e Tenes, 232-9.

Cicreu: soberano de Salamina, 451.

Cidônia: cf. Atena.

Cifeu: de Cifo, cidade perrébica, ao norte da Tessália, 897.

Cila: mãe de Munipo, 224-8, 319-22.

Cila: monstro marinho, 44-9, 649-58, 669.

Cilícia: pátria de Tífon, 825.

Cilístanos: rio de Sirítide, 946.

Ciméria: 1.427.

Cimérios: habitantes da Campânia, 695.

Cimpso: rio da Lídia, 1.352.

Cineteu: cf. Zeus.

Cinifeu: de Cinifo, rio da Léptis Magna, 885.

Cino: cidade lócrida, 1.147.

Cíntio: região de Delos, 574.

Cipeu: cf. Apolo.

Cíprida: cf. Afrodite.

Circe: feiticeira, 673-80, 808-11.

Circeu: monte e fortaleza, 1.263.

Círis: Aciris, rio próximo de Síris; hoje Agri, 946.

Círita: cf. Deméter.

Ciso: montanha da Macedônia, 1.237.

Cita: aljava, arco, cavalos, 458, 917, 1.336.

Citas: 1.287.

Citea: cidade da Cólquida, 1.312.

Citea: de Citea: Medeia, 174.

Cítia: 200. Cf. calíbdica, citas, cítico, meótida, Tanais, Teutareu.

Citíneos: de Citina, cidade dórica de Tetrápolis, 1.389.

Claro: cidade da Jônia, oráculo de Apolo, 1.464.

Cleisítera: filha de Idomeneu e Meda, 1.222 ss.

Cleta: cidade homônima da Amazona Cleta: Caulônia, 993-1.007.

Clitemnestra: esposa de Agamêmnon, mãe de Orestes, 1.099-122.

Clítia: Ftia, concubina de Amíntor, mãe de Fênix, 423.

Cnécio: rio de Esparta, 550.

Cnidos: cidade dórica, 1.391.

Cnossos: cidade de Creta, reino de Idomeneu, 1.214.

Cócito: rio do Hades, 705.

Codro: pai de Neleu, 1.378.

Colcos: 1.022 ss., 1.312.

Cólofon: cidade jônica da Lídia, 424 ss.

Colofônios: xútidas: jônios, 987 ss.

Colótis: cf. Afrodite.

Colquídea: Medeia, 887.

Comaita: filha de Pterelau, 934 ss.

Comiro: cf. Zeus.

Conia: cidade de Sirítide, 978-83.

Cônquia: Hímera, 869.

Córcira: ilha na costa epirota; hoje Corfu, 632. Cf. Drépano, Harpe.

Core: cf. Atena, Perséfone.

Coribantes: 78.

Corinto: domínio de Eetes, 1.024.

Corite: filho de Páris e Enone, 58.

Cortona: cf. Gortinea.

Coscinto: rio da Eubeia, 1.035.

Crago: cf. Zeus.

Crátis: rio do vale de Síbaris, 919, 1.079; rio da Ilíria, 1.021.

Créston: região da Trácia, 499, 937.

Creta: 1.296 ss. Cf. Arisba, Astério, Cnossos, cretenses, curetes, dicteu, dráucio, Europa, Gortina, Ida, Idomeneu, Leuco, Minos, Ritímnia.

Cretenses: Curetes, 1.296-301.

Creteu: avô de Jasão, 872.

Crímisa: cidade da costa oriental do Brúcio, 913.

Crimiso: divindade fluvial siciliana, 961 ss.

Crisa: cidade da Fócida, 1.070.

Crisáor: filho de Posêidon nascido do pescoço da Medusa, 842 ss.

Crisos: irmão de Panopeu, 939 ss.

Cromne: parte da cidade de Amastris da Paflagônia, 522.

Cronos: 42, 202, 400, 693, 761 ss., 869, 1.198 ss., 1.203.

Crotona: cidade da costa oriental do Brúcio, 1.071.

Crotoniata: região entre os golfos de Esquílace e de Santa Eufemia, 1.071.

Crotoníatas: 859-65, 1.002-7.

Ctaro: cf. Hermes.

Cumas: morada da Sibila, na Campânia, 1.279.

Curetes: acarnânias: as Sereias, 671.

Curetes: cretenses, 1.297.

Daera: cf. Perséfone.

Dárdanas: regiões; cidade de Dárdano, 967, 1.257.

Dárdano: cidade da Dâunia, 1.129.

Dárdano: esposo de Arisba, filho de Electra, antepassado de Alexandre, o Grande, 72 ss., 1.307, 1.440.

Dâunia: parte norte da atual Apúlia, 592-632, 1.047-66. 1.128-40. Cf. Aleno, Alteno, angesos, Argiripa, ausônio, ausônios, Calcas, Dárdano, Diomedes, etólios, Fílamos, Podalire, salângios, Salpe.

Deífobo: irmão de Páris, um dos esposos de Helena, 143, 168 ss., 851.

Delfínio: cf. Apolo.

Delfos: cidade da Fócida que abrigava o oráculo de Apolo, 208 ss.

Delos: ilha, 570-6; Ortígia: Astéria, 401.

Deméter: Círita, 1.392; Deo, 621; Enea, 152; Erínis, 153; Hercina, 153; Oncea, 1.225; Telfúsia, 1.040; Túria, 153; Xiféforo, 153.

Deo: cf. Deméter.

Dereno: cf. Apolo.

Desnudez: as ilhas Baleares, 633-43.

Diacre: região montanhosa da Eubeia, 375.

Dicteu: de Dicte, monte de Creta, 1.300.

Dimanteia: de Dimante, antepassado dos dórios, 1.388.

Dime: cidade da Acaia, 591.

Diomedes: etólio; filho de Tideu; colonizador da Dâunia, 592-632, 1.056-66.

Dioniso: Baco, 206, 273; Écuro, 1.246; Enorques, 212; Esfaltes, 207; Faustério, 212; Figaleu, 212; Lafístio, 1.237; Problasto, 577; Sóter, 206; Tauro, 209; Teeno, 1.247.

Dióscuros: Cástor e Pólux; Tindáridas, filhos de Tindareu, 503-68. Cf. Lapérsios.

Diótimo: Mopsopo: ateniense, 733.

Diras: rio que nasce no monte Eta, 916.

Dirfosso: serra da Eubeia: Dirfis, 375.

Disco: cf. Zeus.

Dízeros: rio variamente localizado: na Cólquida, na Ístria, 1.026.

Dóloncos: povo do Quersoneso Trácio, 331, 533.

Dórios: 284, 1.388-96.

Dóris: mãe de Tétis, avó de Aquiles, 861.

Dótio: planície da Tessália, 410.

Dráucio: de Drauco, cidade de Creta, 1.304.

Drépano: Córcira, 762. Cf. Harpe.

Drépano: cidade da Sicília; hoje Trapani, 869.

Drimas: cf. Apolo.

Drímnio: cf. Zeus.

Ea: reino de Eetes, 1.024.

Éaco: avô de Aquiles, 803, 860, 1.440.

Eante: rio do Épiro: Aoo, Auas, 1.020.

Ébalo: pai de Tindareu, 1.125.

Ectenes: povo da Beócia, 433, 1.212.

Écuro: cf. Dioniso.

Édipo: pai e irmão de Etéocles e Polinices, 437.

Edones: povo da Trácia, 419.

Eetes: porto: Caieta, hoje Gaeta, 1.274.

Eetes: rei de Ea e Corinto, esposo de Eidia, pai de Medeia, 1.022 ss.

Egeôn: cf. Posêidon.

Egesta: filha de Fenodamante, esposa de Crimiso, mãe de Egesto, 961-75.

Egeu: mar, 402, 1.436.

Egia: cidade da Lacônia, 850.

Egialea: esposa de Diomedes, 612 ss.

Egilos: ilha entre Citera e Creta, 108.

Egina: ilha. Cf. Enone.

Egito: 119, 126, 576, 821, 847 ss., 1.294. Cf. Asbistes, Mênfis, Tríton.

Egônea: cidade dos malieus, 903.

Eidia: esposa de Eetes, 1.024.

Eiôn: cidade junto ao rio Estrimo, na Trácia, 417.

Elaida: cf. Enotropas.

Elba: cf. Etália.

Electra: cf. Atlântida, Atlas, Dárdano.

Elefénor: líder dos abantes, 1.034-46.

Élide: cf. Letrina, Mólpis, Olímpia.

Elimo: filho bastardo de Anquises, 965.

Enea: cf. Deméter.

Eneias: filho de Anquises e Afrodite, 1.226-80.

Ênio: deusa da guerra, 463, 519.

Enipeu: cf. Posêidon.

Eno: cf. Enotropas.

Enomao: pai de Hipodâmia, 161 ss.

Enone: antigo nome da ilha Egina, 175.

Enone: esposa de Páris e mãe de Corite, 57-68.

Enorques: cf. Dioniso.

Enotropas: filhas de Ânio: Eno, Espermo, Elaida, 570-83.

Eólia: região da Ásia Menor, 1.367 ss.

Eordos: povo da Macedônia, 1.342.

Eos: Aurora, 16 ss.

Epeu: construtor do cavalo de Troia, filho de Panopeu, 930-50.

Epeu: Menelau, 151.

Epimeteu: filho da Ásia, 1.412.

Épio: nome primitivo de Asclépio, 1.054.

Épiro: cf. Amântia, argirinos, atíntanes, caônico, Eante, etices, Poliantes, Práctis, tesprótio, Trâmpia.

Epístrofo: chefe focense; neto de Náubolo, irmão de Esquédio, 1.067.

Equidna: mulher de Tífon, 1.353 ss.

Équinos: cidade dos malieus, 904.

Erecteu: cf. Zeus.

Erecteu: rei da Ática, 110 ss., 1.338.

Êrembos: povo de identificação incerta, às vezes localizado na costa do mar Vermelho, 827.

Erínias: 406, 437, 1.137; Deméter Erinis, 153; Deméter Telfúsia, 1.040; Deméter Oncea, 1.225; Cila, 669.

Éris: rio do Ponto; Íris, 1.333.

Erisícton: cf. Etôn.

Érix: herói siciliano, filho de Afrodite, 866 ss.

Érix: monte e cidade da Sicília, 958 ss. Cf. Egesto.

Esaco: adivinho troiano, 224-8.

Esaros: rio de Crotona, 911.

Escamandro: pai de Teucro, avô de Arisba, 1.304-8.

Escandea: porto de Citera, 108.

Escapaneu: cf. Héracles.

Escarfea: cidade da Lócrida, 147.

Esciastes: cf. Apolo.

Escilétia: cf. Atena.

Escírio: Neoptólemo, 185.

Esciros: ilha do mar Egeu, 1.324.

Escolo: cidade da Beócia, 646.

Esfaltes: cf. Dioniso.

Esfécia: antigo nome do Chipre, 447.

Esfinge: monstro fício, 7, 1.465.

Espanha: cf. Gimnésias, íberos, Tartesso.

Esparta: 538 ss.

Espartanos: 1.124 ss.

Espermo: cf. Enotropas.

Espérquia: rio que deságua no golfo Malíaco, 1.146.

Esquédio: chefe focense; neto de Náubolo, irmão de Epístrofo, 1.067.

Esqueneida: cf. Afrodite.

Estênelo: filho de Capaneu, 424, 433.

Estênia: cf. Atena.

Estígia: água do Hades, 706 ss.

Estrimo: rio da Trácia, 417, 1.178.

Eta: montanha da Tessália, 486, 916.

Etália: ilha de Elba, 871-6.

Etéocles: filho e irmão de Édipo, 437 ss.

Etia: cf. Atena.

Etices: povo epirota, 802.

Etíope: cf. Zeus.

Etiópia: reino de Cefeu, 834 ss.

Etólia: cf. calidônia, etólios, euritano, Licormas, pleuronia, Tersites, Toas.

Etólias: as Sereias, 671.

Etólios: 623, 1.011-22, 1.056-66.

Etôn: Erisícton, pai de Mestra, 1.391 ss.

Etra: mãe de Teseu, 501-5.

Etrúria: cf. Tirrênia.

Eubeia: cf. Cafareu, Coscinto, Diacre, Dirfosso, Nédon, Ofelte, Tricante, Zárax.

Euriâmpios: povo da Tessália, 900.

Eurínome: esposa de Ófio, 1.192-7.

Eurípilo: Argonauta, senhor da Tessália sobre o golfo Pagáseo, 877 ss., 901 ss.

Euritano: povo etólio, 799.

Europa: mãe de Minos e Sarpédon, 1.284-301, 1.346 ss., 1.366 ss.

Eveno: cf. Licormas.

Fálacra: pico do monte Ida, 24, 1.170.

Falana: cidade do norte da Tessália, 906.

Fáleros: Nápoles, 717.

Falórias: costa do golfo Malíaco, 1.147.

Faustério: cf. Dioniso.

Feácios: habitantes da Córcira, 632.

Febe: cf. Leucípidas.

Fedro: cf. Hermes.

Fégio: monte da Etiópia, 16.

Fêmio: cf. Posêidon.

Fenícia: cf. Atena.

Fenícios: 828 ss. Cf. carnitas, Mirra.

Fênix: filho de Amíntor e Clítia, tutor de Aquiles, 417 ss.

Fenodamante: troiano, pai de Egesta, 470 ss., 952-60.

Féreclo: construtor do navio de Páris, 97.

Féreos: de Féria, cidade da Messênia, 552.

Feres: cidade da Tessália. Cf. Hécate.

Figaleu: cf. Dioniso.

Fílamos: rio da Dâunia: Áufido, hoje, Ofanto, 593.

Filoctetes: herói tessálio, colonizador do Brúcio, 62 ss., 911-29.

Fíxio: cf. Zeus.

Flegreu: de Flegras, antigo nome de Palene, península da Calcídica, 115, 1.404.

Focenses: na Itália, 930 ss., 1.067 ss.

Fócida: cf. Abas, Anemoreia, Anfisa, Crisa, Epeu, Epístrofo, Esquédio, focenses, Lilea, Náubolo.

Force: lago do país dos mársios, hoje Fucino, 1.275.

Forceu: cf. Cálidnas.

Fórcidas: filhas de Forco (Fórcis) e Ceto, 846.

Fórcis: deus marinho, 47. Cf. Forco.

Forco: deus marinho, 376, 477. Cf. Fórcis.

Frígio: Midas, 1.397.

Ftia: cf. Clítia.

Ftiros: Cária, 1.383.

Galadra: cidade da Macedônia, 1.444.

Galadreu: de Galadra, 1.342.

Gauas: Adonis, 829-33.

Gigante: 43, 111, 127, 495, 1.357, 1.408.

Gigantomaquia: 63, 688-93, 706 ss., 978, 1.408.

Gigea: cf. Atena.

Gigea: laguna da Lídia habitada por Equidna, 1.353 ss.

Girápsio: cf. Zeus.

Gírea: região entre Míconos e Delos, 390-5.

Glânis: rio do sul de Nápoles, 718.

Glauco: filho de Pasífae, 811.

Glauco: pescador de Antédon, 754.

Golgos: povo do Chipre, 589.

Gongílates: cf. Zeus.

Gonó: cidade do norte da Tessália, 906.

Gonusa: localidade da Sicília, 870.

Gorgas: cf. Hera.

Gorge: mãe de Toas, 1.013.

Gortina: cidade de Creta, reino de Idomeneu, 1.214.

Gortinea: lugar de Cortona, na Etrúria, 806.

Graia: aulidense, beócia: Ifigênia, 196.

Graia: região da Beócia, 645.

Grecos: gregos, 532, 605, 891, 1.195.

Guneu: árabe, 128.

Guneu: Argonauta tessálio de Cifo, 877 ss., 897.

Guteio: ancoradouro de Esparta, 98.

Hades: 51, 197, 404, 457, 497, 564, 681 ss., 698 ss., 809, 813, 1.188, 1.372, 1.399, 1.420; Pandoceu, 655; Plutão, 710 ss., 1.420; Tártaro, 1.197. Cf. Aqueronte, Cócito, Estígia, Piriflegeto, Tártaro, Tênaro.

Harpe: Córcira; Drépano, 762, 869.

Harpias: 167, 653.

Harpina: égua de Enomao, 167. Cf. Psila.

Hécate: 77, 1.175-80; Brimó, 1.176; Ferea, 1.180; Triáuquena, 1.186; Triforme, 1.176; Zeríntia, 1.178.

Hécuba: mãe de Alexandra, Heitor, Páris, Deífobo, Laódice, Polixena, Polidoro e Troilo, 225, 314 ss., 330-4, 1.174-88.

Hefesto: 1.158; Candáon, 328.

Heitor: irmão de Alexandra e Páris, 258-306, 464 ss., 527, 530, 1.189-213.

Hélade: 187, 298, 366.

Helena: filha de Zeus e Leda, mãe de Ifigênia e Hermíone, foi par de Teseu, Menelau, Páris, Deífobo e Aquiles, 60, 87 ss., 102-14, 130 ss., 140-9, 168, 172, 503 ss., 513, 538, 820-4, 850, 855 ss., 866 ss.

Helesponto: estreito de Dardanelos, 22, 1.285, 1.414 ss.

Héloros: rio da Sicília, 1.033, 1.084.

Hemitea: filha de Cicnos, irmã de Tenes, 232-42.

Hera: 39; Gorgas, 1.349; Hoplósmia, 614, 658; Tropea, 1.328.

Héracles: 31-51, 56, 63, 141, 455-61, 469, 476, 523, 697, 871, 917, 957, 1.249, 1.346-50; Boagidas, 652; Ceramintes, 663; Escapaneu, 652; Mecisteu, 651; Miste, 1.328; Palemôn, 663; Peuceu, 663; trivesperal, 33.

Héracles: filho de Alexandre, o Grande, 801-4.

Hercina: cf. Deméter.

Hermes: Cadmilo, 162; Cadmo, 219; Ctaro, 679; Fedro, 680; Láfrio, 835; Nonácris, 680; Tricéfalo, 680.

Hermíone: filha de Helena e Menelau, 103.

Hesíone: filha de Laomedonte, concubina de Telamôn, mãe de Teucro, irmã de Príamo, tia de Alexandra, 34 ss., 337, 452 ss., 468-75, 954.

Hilaria: cf. Leucípidas.

Hílato: cf. Apolo.

Hipégetes: cf. Posêidon.

Hipólita: cf. Amazonas.

Hipônio: cidade do golfo de Santa Eufemia, 1.069.

Hipsarno: rio da Beócia, 647.

Hodédoco: pai de Oileu, avô de Ájax lócrio, 1.150.

Homoloida: cf. Atena.

Hoplósmia: cf. Hera.

Horites: cf. Apolo.

Hospitaleira: cf. Afrodite.

Iáones: jônios, 989.

Iapigas: povo da península Salentina, 852.

Iatro: cf. Apolo.

Íberos: povo da Espanha, 643.

Icnea: Têmis, 129.

Ida: montanha de Creta, 1.297.

Idas: filho de Afareu. Cf. Afarétidas.

Ideu: do monte Ida; troiano, 496, 1.256.

Idomeneu: bisneto de Zeus, senhor de Cnossos e Gortina, 424 ss., 431 ss., 1.214-25.

Ifigênia: filha de Helena, mãe de Neoptólemo, 103, 183-99, 201, 324 ss. Cf. Graia, Ífis.

Ífis: Ifigênia, 324.

Ileu: cf. Oileu.

Ílion: cf. Troia.

Ilos: fundador de Ílion, 29, 319, 364, 1.341-5.

Ino-Leucótea: cf. Bina.

Inopo: rio de Delos, 575 ss.

Io: identificada com Ísis, 1.292-5.

Íris: cf. Éris.

Iro: cidade dos malieus: Ira, 905.

Is: cf. Sílaro.

Isqueno: gigante, enterrado em Olímpia, 43.

Ísquia: cf. Pitecusa.

Issa: ninfa, mãe de Príli; ilha do mar Egeu: Lesbos, 220.

Istro: por outro nome, Celtro; hoje, Danúbio, 74, 189, 1.336.

Ítaca: ilha do mar Jônico; reino de Odisseu, 768 ss., 794, 815.

Jasão: neto de Creteu, chefe dos Argonautas tessálios, 175, 872-6, 1.310-21.

Jônia: asiática, 1.378-87.

Jônios: cf. iáones, xútidas.

Lacínio: promontório de Crotona, 856.

Lácio: 1.250-62. Cf. aborígenes, Circeu, Eetes, Eneias, Remo, Roma, Rômulo.

Lacmônio: o rio Eante, que nasce no monte Lacmôn, 1.020.

Lacmônios: dórios, do monte Lacmôn, de Pindo, 1.389.

Lacônia: cf. Cnécio, Egia, Esparta, espartanos, Guteio, Lás, Onugnato, Pefnos, Praxandros, Tênaro, Terapne.

Lacônia: Penélope, 792.

Lacônios: espartanos, 586-91.

Ladôn: rio da Arcádia, 1.041.

Lafístias: cf. Bacantes.

Láfria: cf. Atena.

Láfrio: cf. Hermes.

Lagária: cidade de Sirítide, 930.

Lagmos: rio que deságua no mar Negro, 1.333.

Lameto: rio do Brúcio que deságua no golfo de Santa Eufemia, 1.085.

Lampétia: cidade da costa ocidental do Brúcio; a Clampétia dos romanos, 1.068.

Laódice: filha de Hécuba, irmã de Alexandra, mãe de Múnito, 314-9, 496 ss.

Laomedonte: antigo rei de Troia, pai de Títono, Príamo e Hesíone, 470 ss., 523, 952 ss.

Lapérsio: cf. Zeus.

Lapérsios: os Dióscuros, destruidores do Lás, 511.

Larimna: cidade da Lócrida, 1.146.

Laríntio: cf. Zeus.

Láris: cf. Sílaro.

Lás: cidade da Lacônia, 95, 511, 1.369.

Latinos: 1.254.

Laurete: filha de Lacínio, esposa de Croton, 1.007.

Lavínio: cidade fundada por Eneias no Lácio, 1.259 ss.

Leda: mãe de Helena e dos Dióscuros, 88 ss., 506.

Leibétrio: de Leibetra, cidade de Olímpia, 275, 410.

Leiptínida: cf. Perséfone.

Lemneu: lêmnio, de Lemnos, ilha do mar Egeu, 227, 462.

Leontarne: cidade da Beócia, 645.

Lepsieu: Lépsio, cf. Apolo.

Lerna: laguna da Argólida, 1.293.

Lesbos: cf. Issa.

Lestrigões: povo antropófago da Sicília, 662-5, 952-60.

Letêone: o Vesúvio, 703.

Letrina: cidade da Élide, 54, 158.

Leuce: ilha da desembocadura do Istro, 188 ss.

Leucípidas: Hilaria e Febe, filhas de Leucipo, sobrinhas dos Dióscuros e dos Afarétidas, 547 ss.

Leuco: filho adotivo de Idomeneu, 1.218 ss.

Leucófris: outro nome de Tênedos, 346.

Leucósia: cf. Sereias.

Leutárnia: campo na costa ocidental da península Salentina, 978.

Líbia: 648, 877 ss., 894, 1.014 ss., 1.312. Cf. asbistas, Atlas, Ausigda, cinifeu, lotófagos, Plinos, Sirte, Tauquéria.

Licáon: pai de Nictimo, 481.

Licormas: rio da Etólia; por outro nome, Eveno, 1.012.

Licos: filho de Prometeu, 132.

Lídia: pátria dos tirrenos, 1.351 ss. Cf. Cimpso, Cólofon, pactólia, Pactolo, Tmolo.

Ligeia: cf. Sereias.

Ligustinos: Lígures, 1.356 ss.

Lilea: cidade da Fócida, 1.073.

Linceu: filho de Afareu. Cf. Afarétidas.

Líndios: colonos ródios em Sirítide, 923.

Lingeu: o rio Arno, 1.240.

Lino: promontório ao norte de Caulônia, 994.

Locrenses: 1.083 ss., 1.141-73.

Lócrida: cf. Ájax lócrio, Boágrio, Cino, Escárfeo, Hodédoco, Larimna, locrenses, Nárice, Oileu, tronítides.

Longátida: cf. Atena.

Longuro: região na Sicília, 868.

Lotófagos: povo do litoral líbico ou siciliano, 648.

Lucanos: povo da Calábria, 1.086.

Mácala: cidade junto ao rio Náueto, ao norte de Crotona, 927.

Macáon: filho de Asclépio, irmão de Podalire, 1.048.

Macedônia: 1.341 ss., 1.397-408. Cf. Almópia, Befiro, calastreu, Ciso, eordos, Galadra.

Mágarsa: filha de Pânfilos e cidade homônima da Cilícia, 442 ss.

Maíra: nome da cadela em que Hécuba foi transformada por Hécate, 334.

Malieus: cf. Egônea, Équinos, Esperqueu, Falórias, Iro, pironeas.

Malta: ilha, 1.027.

Mamersa: cf. Atena.

Mamerto: cf. Ares.

Mar Negro: cf. Amazonas, colcos, Cólquida, Cítia, Istro, Lagmos, Leuce, meótida, Salmidesso, Simplégades, Tanais, Temíscira, Termodonte.

Mar: Tétis, Tritão, Nereu, 22, 34, 145, 164, 1.069.

Mazoúsia: promontório do Quersoneso Trácio, 534.

Mecisteu: cf. Héracles.

Meda: esposa de Idomeneu, mãe de Cleisítera, 1.221 ss.

Medeia: feiticeira, filha de Eetes, 174, 798, 886 ss., 1.023 ss., 1.315 ss.

Medusa: Górgona; de seu pescoço nascem Crisáor e Pégaso, 842 ss.

Melancraira: Sibila, 1.464.

Melanto: cf. Posêidon.

Melicertes: deus marinho cultuado em Tênedos. Cf. Palemôn.

Melina: cf. Afrodite.

Melpômene: mãe das Sereias, 713.

Membles: rio de discutida localização, 1.083.

Menelau: rei da Lacedemônia (Esparta), esposo de Helena, 132 ss., 143, 149 ss., 538 ss., 820-76.

Mênfis: Osíris, 1.294.

Meótidas: Citas, 915, 1.290.

Mestra: filha de Erisícton (Etôn), 1.393-6.

Metimna: cidade eólica, 1.098.

Míconos: ilha; local da tumba de Ájax lócrio, 389, 401 ss.

Midas: rei da Frígia, 1.397-408.

Mílaces: povo da Ístria, 1.021.

Mileto: colônia jônica na Ásia, 1.378-87.

Mileu: cf. Zeus.

Mimalôn: Alexandra, 1.464.

Mindiana: cf. Atena.

Mínios: cf. Argonautas.

Minos: filho de Zeus e Europa, 1.398 ss.

Mirina: Amazona e colina homônima frente à Troia, 243.

Mirmidões: povo da Tessália, 176.

Mirra: cidade de Biblos, na Fenícia, 829.

Mirtilo: filho de Hermes, 162-7.

Misena: cabo ao sul de Cumas, 737.

Mísios: 1.246.

Miste: cf. Héracles.

Moiras: filhas de Tétis, 144 ss., 584 ss.

Molossos: cf. Apolo.

Mólpis: enterrado em Olímpia, 159 ss.

Molpo: flautista; por outro nome, Eumolpo, 234.

Mopsos: adivinho, 427-30, 439-46.

Mopsos: Argonauta, 881 ss.

Mopsopianas: de Mopsopo, Ática, 1.340.

Mopsopo: antigo rei da Ática, 733.

Morfo: cf. Afrodite.

Munipo: filho de Príamo e Cila, 224-8, 319-22.

Múnito: filho de Acamas e Laódice, 495-503.

Musas: 273 ss., 832.

Nano: nome etrusco de Odisseu, 1.244.

Nápoles: cidadela de Fáleros, 717-21, 732-7.

Nárice: cidade da Lócrida, 1.148.

Náubolo: avô de Esquédio e Epístrofo, 1.067.

Náueto: rio que corre junto a Mácala, 921, 1.075, 1.082.

Naumedonte: cf. Posêidon.

Náuplios: rei da Eubeia, pai de Palamedes, 384-6, 1.093-8, 1.217 ss.

Nédon: monte da Eubeia, 374.

Neleu: filho de Codro, 1.378 ss.

Neoptólemo: filho de Aquiles e Ifigênia, 53, 183 ss., 324 ss., 335.

Neptunidas: cf. Amazonas.

Nereu: avô do Tritão, 164, 886.

Nérito: monte de Ítaca, 769, 794.

Nésea: Nereida, irmã de Tétis, 399.

Neso: mãe da Sibila, 1.465.

Nesso: Centauro assassino de Héracles, 50.

Neto: cf. Náueto.

Nictimo: filho de Licáon, 481.

Nilo: cf. Asbistes, Tríton.

Nireu: chefe grego, 1.011 ss.

Noite: mãe das Erínias, 437.

Nonácris: cf. Hermes.

Obrimo: cf. Perséfone.

Ocínaro: rio do Brúcio que corre junto a Terina e desemboca no golfo de Santa Eufemia, 729, 1.009.

Odisseu: rei de Ítaca, filho de Laertes, esposo de Penélope, pai de Cassifone, Telêmaco e Telégono, 344, 432, 648-819, 1.029 ss., 1.181-8, 1.242 ss.

Ofelte: montanha da Eubeia, 373.

Ófio: antecessor de Zeus, esposo de Eurínome, 1.192, 1.197.

Ofrínio: cidade da Tróade, 1.208.

Ogenos: Oceano, 231.

Ógigo: pai dos tebanos, 1.206.

Oileu: Ileu, filho de Hodédoco, pai de Ájax lócrio, 1.150.

Olenos: cidade da Acaia, 590.

Olímpia: cidade e região da Élide, 40 ss., 158 ss. Cf. Enomao, Isqueno, leibétrio, Mólpis.

Olimpo: 564.

Olosone: de Olosôn, cidade da Tessália ao sul do monte Olimpo, 906.

Ômbrio: cf. Zeus.

Oncea: cf. Deméter.

Onquestos: cidade da Beócia, 646.

Onugnato: ilhéu ou promontório ao sul da Lacônia, 94.

Orestes: filho de Agamêmnon e Clitemnestra, 1.120 ss., 1.374.

Orquieu: cf. Apolo.

Ortígia: cf. Delos.

Ortósia: cf. Amazonas.

Osíris: cf. Mênfis.

Ossa: monte da Campânia, às vezes identificado com o Vesúvio, 697.

Otronos: ilha vizinha à Córcira, 1.027, 1.034.

Pactolo: rio da Lídia rico em ouro, 272, 1.352.

Paládio: 363 ss., 658.

Palamedes: filho de Náuplios, 1.097 ss.

Palas: cf. Atena.

Palautros: de Palautra, cidade da Magnésia, 899.

Palemôn: cf. Héracles.

Palemôn: Melicertes: deus marinho cultuado em Tênedos, 229.

Palene: península da Calcídica, na Trácia, 127.

Palenida: cf. Atena.

Palestes: cf. Zeus.

Pânfilos: pai de Mágarsa, 442.

Panopeu: irmão de Crisos e pai de Epeu, 932-43.

Páris: filho de Príamo e Hécuba, irmão de Heitor, Alexandra e Deífobo, 20-7, 56-8, 86-115, 128-43, 147 ss., 169, 180 ss., 225 ss., 538 ss., 851, 913 ss., 1.362 ss.

Partenopa: cf. Sereias.

Patareu: cf. Apolo.

Pefnea: de Pefnos, cidade da Lacônia, 87.

Pégaso: cavalo nascido do pescoço da Medusa, 17, 842.

Pelásgios: 177, 245, 1.083.

Pelasgos: 1.356 ss.

Pelênios: aqueus de Pelene, no Brúcio, 922.

Peleu: filho de Éaco, esposo de Tétis, pai de Aquiles, 175-9, 328, 901 ss.

Pélops: filho de Tântalo, 53 ss., 152-67.

Penélope: filha de Ícaro, esposa de Odisseu, 771 ss., 791 ss. Cf. Bacantes, Lacônia.

Peneu: rio da Tessália, 1.343.

Península Salentina: sul da Apúlia. Cf. Gigantes, Leutárnia, iapigas.

Pentesileia: cf. Amazonas.

Perges: monte da Etrúria, perto de Cortona, 805.

Perrébica: do norte da Tessália, 905.

Perséfone: Core, 698; Daera, 710; Leptínida, 49; Obrimo, 698.

Perses: Titã, pai de Hécate, 1.175.
Perseu: filho de Zeus, 803, 837-46, 1.413.
Peuceu: cf. Héracles.
Pilátida: cf. Atena.
Pímplea: lugar do Olimpo, sede das Musas, 275.
Píramo: rio da Cilícia, 439.
Piriflegeto: rio de águas quentes de Cumas, 699.
Pironeas: selvas do país dos malieus, 1.149.
Pisa: cidade da Etrúria, 1.240 ss., 1.359.
Pitecusa: ilha da costa da Campânia, hoje Ísquia, 688-93.
Pitônio: cf. Titônio.
Pleuronia: de Plêuron, cidade da Etólia, 143.
Plinos: cidade da Líbia, 149.
Plutão: cf. Hades.
Podalire: filho de Asclépio, irmão de Macáon, 1.047-55.
Podarce: nome de juventude de Príamo, 339.
Pola: cidade da Ístria, 1.022.
Poliantes: rio do Épiro, 1.046.
Polidegmôn: os Apeninos, 700.
Polifemo: cf. Ciclope.
Polinices: filho e irmão de Édipo, 437 ss.
Poliperconte: príncipe do Épiro, 801 ss.
Polixena: irmã de Alexandra, 314, 323-9.
Pólux: cf. Dióscuros.
Porceu: uma das serpentes que ataca Laocoonte e seus filhos, 345.
Posêidon: 125, 393, 522; Amebeu, 617; Anfibeu, 749; Egeu, 135;
  Enipeu, 722; Fêmio, 1.324; Hipégetes, 767; Melanto, 767;
  Naumedonte, 157; Profanto, 522.
Práctis: monte do Épiro, 1.045.
Praxandros: chefe dos lacônios, 447 ss., 586-91.
Príamo: rei de Troia, esposo de Hécuba, pai de Heitor, Páris e
  Alexandra, 1 ss., 91, 170, 224 ss., 269 ss., 276, 319 ss., 335 ss., 349
  ss., 785, 1.467 ss. Cf. Podarce.
Príli: filho de Hermes e Issa, bisneto de Atlas, adivinho de Lesbos, 219
  ss.
Problasto: cf. Dioniso.
Profanto: cf. Posêidon.
Promanteu: cf. Zeus.
Prometeu: filho de Jápeto e Ásia, pai de Quimereu e Licos, 1.283.
Prônios: de Prônia, cidade da Cefalônia, 791.

Protesilau: guerreiro grego, 530 ss.

Proteu: divindade marinha; filho de Posêidon, esposo de Torone, 112-31, 142.

Prótoo: Argonauta filho de Tentrêdon, da Magnésia, 877 ss., 899.

Psila: égua de Enomao, 166. Cf. Harpina.

Pterelau: pai de Comaita, 934 ss.

Ptoo: cf. Apolo.

Quérada: cf. Afrodite.

Quersoneso: 196 ss., 331, 533 ss., 1.391.

Quimereu: filho de Prometeu, 132.

Rea: 400, 1.196-202.

Recelo: cidade do golfo Termaico, 1.236.

Reitro: porto de Ítaca, 768.

Remo: descendente de Eneias, 1.232 ss.

Retea: filha de Sitôn, 583.

Reteu: cabo e cidade da Tróade; local da tumba de Retea, 583.

Rindaco: rio da Mísia e Frígia, 1.364.

Ritímnia: cidade de Creta, 76.

Roió: neta de Dioniso, mãe de Ânio, avó das Enotropas, 570.

Roma: 1.226-35, 1.271-80.

Rômulo: descendente de Eneias, 1.232 ss.

Salamina: reino de Telamôn, pátria de Ájax e Teucro, 450-67.

Salângios: povo da Dâunia, 1.055.

Salmidesso: praia e mar da Trácia sobre o mar Negro, 186, 1.286.

Salpe: cidade da Dâunia: Salapia, 1.129.

Salpia: Alpia, Alpes, 1.361.

Sálpinga: cf. Atena.

Samotrácia: 72-85.

Saráptia: de Sarapta, cidade da Fenícia, 1.300.

Sarpédon: filho de Zeus e Europa, 1.284.

Sátnio: monte da Cária, 1.390.

Sátraco: rio do Chipre, 448.

Sereias: Partenopa, Leucósia e Ligeia: filhas de Aqueloo e Melpômene, netas do Oceano e Tétis, 653, 670-2, 712-37.

Setea: cativa troiana, 1.075-82.

Sibila: 1.279, 1.464 ss.

Sicanos: habitantes da Sicília, 870, 951, 1.029.

Sicília: 659-65, 868-70, 951-77, 1.029-33, 1.181-4. Cf. Cônquia, Crimiso, Drépano, Egesto, Eneias, Érix, Gonusa, Héloros, lestrigões, Longuro, lotófagos, sicanos, Sirte, Trinácria.

Sílaro: rios Is e Láris, próximos a Paestum, 724 ss.

Simplégades: escolhos do mar Negro, 1.285.

Sínis: rio de Sirítide, 982.

Sínon: primo de Odisseu, 344-7.

Síris: cidade de Sirítide, 856, 978-92.

Sirítide: Lucânia; atual Basilicata. Cf. Cilístanos, Círis, Conia, Lagária, líndios, Sínis, Síris.

Sirte: no litoral líbico ou siciliano, 648.

Sisifeu: filho de Sísifo: Odisseu, 344, 1.030.

Sitínios: de Sitônia, península trácia, 1.357, 1.406.

Sitôn: rei da Trácia, pai de Retea, 583, 1.161.

Sóter: cf. Dioniso, Zeus.

Tamasia: de Tamaso, cidade do Chipre, 854.

Tanais: rio, 1.288. Cf. Télamos.

Tântalo: pai de Pélops, 53, 152 ss.

Tarco: filho de Télefo, irmão de Tirreno, 1.245 ss., 1.351 ss.

Tartesso: cidade ao sul da Espanha, 643.

Tauquéria: cidade da costa líbica, 877.

Tauro: cf. Dioniso.

Tebas: cidade da Beócia, 433-8, 1.194 ss. Cf. Calidnos, ectenes, Ógigo, Zetos.

Teeno: cf. Dioniso.

Tegira: cidade da Beócia, 646.

Telamôn: soberano de Salamina, pai de Trâmbelo, Ájax e Teucro, 450-69.

Télamos: o rio Tanais (Don), 1.333.

Télefo: rei de Mísia, filho de Héracles, pai de Tarco e Tirreno, 207-15, 1.246 ss., 1.249.

Telégono: filho de Odisseu e Circe, 795 ss.

Telêmaco: filho de Odisseu, meio-irmão de Cassifone, 808 ss.

Telfúsia: cf. Deméter.

Telfúsio: cf. Apolo.

Temênio: de Têmeno, antepassado de Alexandre, o Grande, 804.

Têmesa: cidade no golfo de Santa Eufemia; a Tempsa dos romanos, 1.067-74.

Têmices: Beócios, 644.

Temício: próximo de Bombilea: Alalcómenas, cidade da Beócia, 786.

Têmis: 137. Cf. Icnea.

Temíscira: cidade da costa do Ponto Euxino (mar Negro), 1.330.

Tênaro: cabo da Lacônia; entrada do Hades, 90, 1.106.

Tênedos: ilha próxima de Troia, 229 ss. Cf. Leucófris.

Têneros: filho e sacerdote de Apolo, 1.211.

Tenes: filho de Cicnos, irmão de Hemitea, 232-42.

Tentrêdon: pai de Prótoo, da Magnésia, 899.

Terapne: cidade da Lacônia, 590.

Terina: cidade do Brúcio junto ao rio Ocínaro, 726-31, 1.008 ss.

Termidros: porto de Lindos, 924.

Termieu: cf. Zeus.

Terminteu: cf. Apolo.

Termodonte: rio da Beócia, 647.

Termodonte: rio do país das Amazonas, 1.334.

Tersites: Etólio, 999 ss.

Teseu: filho de Posêidon, esposo de Helena, pai de Acamas, 143, 147, 494 ss., 503 ss., 1.322 ss., tesprótio: Epirota, 1.441.

Tessália: país dos mirmidões, 175 ss., 245, 1.083. Cf. anfrísios, Argonautas, pelasgos, átraces, cileus, Diras, Dótio, Eta, Etôn, euriâmpios, Eurípilo, Falana, Cono, Guneu, Jasão, Mopsos, olosones, Peneu, perrébica, Títaro, titerônio.

Tétis: Titanida, esposa de Oceano, avó das Sereias, mãe das Moiras de Aqueloo, 712, 1.069. Cf. Titanida.

Tétis: Nereida, filha de Nereu e Dóris, mãe de Nésea, 22, 178, 240, 273 ss., 398 ss., 856-65.

Teucro: filho de Escamandro e pai de Arisba, 1.302-8.

Teucro: filho de Telamôn e Hesíone, 447, 450-3, 462-7.

Teutareu: pastor cita, 56.

Tideu: pai de Diomedes, 1.066.

Tífis: construtor da nave Argo, 890.

Tífon: Tifeu; gigante que lutou contra Zeus, esposo de Equidna, 689 ss., 825, 1.353.

Tigro: cidade da Cária, 1.390.

Tilésios: montes do Brúcio, 993.

Tindáridas: cf. Dióscuros.

Tinfeu: montanha do Épiro, 801 ss.

Tínfresto: montanha nos confins da Dolópia e da Etólia, 420, 902.

Tirésias: adivinho, 682 ss.

Tirrênia: Etrúria, 1.239. Cf. Agila, ausônio, Gortinea, Lingeu, Perges, Pisa.

Tirreno: filho de Télefo, irmão de Tarco, 1.245 ss., 1.351 ss.

Tirreno: mar, estreito de Messina, 649, 715, 1.085.

Tirrenos: 1.351-61.

Titanida: Tétis, 231.

Títaros: monte do norte da Tessália, 904.

Titãs: 709.

Titerônio: Mopsos, argonauta, de Títaro, 881.

Tito: o dia, 941.

Títon: monte ou promontório da Calcídica, 1.406.

Titônio: Pitônio; rio que atravessa a região mársica, 1.276.

Títono: meio-irmão de Príamo, esposo de Eos (Aurora), 119.

Tmolo: montanha da Lídia, 1.351.

Toas: filho de Gorge, chefe dos etólios, 779-85, 1.011-22.

Toreu: cf. Apolo.

Torone: esposa de Proteu, 115 ss.

Trácia: região do norte da Grécia, 118, 583, 1.341-4, 1.404-8. Cf. absíntios, Antédon, bisáltia, bistones, Bricon, Canastreu, Créston, dóloncos, edones, Eiôn, Estrimo, Flegras, Mazoúsia, Palene, Quersoneso, Recelo, Samotrácia, Sitôn, sitônios, Trambúsio.

Trâmbelo: filho de Telamôn, meio-irmão de Teucro, 467.

Trambúsio: promontório da península de Palene, 1.405.

Trâmpia: cidade do Épiro, 800.

Traquínia: cidade do sudeste do monte Eta, 905.

Traro: monte da região troiana, 1.159.

Traso: cf. Atena.

Trezênia: cf. Afrodite.

Triáuquena: cf. Hécate.

Tricante: cidade e montanha da Eubeia, 374.

Tricéfalo: cf. Hermes.

Triforme: cf. Hécate.

Trinácria: Sicília, 966.

Tritão: descendente de Nereu; o mar, 34, 886-96.

Tríton: o rio Nilo, 119, 576. Cf. Asbistes.

Tritogênea: cf. Atena.

Trivesperal: cf. Héracles.

Tróade: 243-57, 528 ss., 1.302-8. Cf. dárdanas, falacreu, Ofrínio, Reteu, Tênedos, Traro.

Troia: Ílion, 29, 31, 38, 52, 65, 72, 132, 141, 217, 226, 254, 282, 313, 319 ss., 335 ss., 342 ss., 469 ss., 497, 512, 522 ss., 567, 658, 774, 787, 930, 948, 952, 969 ss., 984, 1.163, 1.190, 1.230, 1.267, 1.282, 1.348, 1.371, 1.451 ss., 1.459. Cf. bébrice, ceias, ideu, iliense, Ilos, Setea, Tróade.

Troianos: 955-77, 984, 1.075-82, 1.167-73, 1.226, 1.446, 1.458 ss.

Troilo: irmão de Alexandra, 307-13.
Trônion: cidade da Lócrida, 1.148.
Tropea: cf. Hera.
Túria: cf. Deméter.
Umbros: vizinhos dos tirrenos, 1.360.
Xerxes: soberano persa, 1.412-34.
Xiféforo: cf. Deméter.
Xútidas: Jônios, 987.
Zárax: monte da Eubeia, 373.
Zaréx: esposo de Roió, pai adotivo de Ânio, 580.
Zeríntia: cf. Afrodite, Hécate.
Zeríntia: de Zerinto, cidade da Samotrácia, 77.
Zetos: construtor dos muros de Tebas, 602.
Zeus: 33, 80, 88 ss., 176, 363, 431, 481, 560, 567, 622, 691 ss., 762,
  838, 1.192, 1.194 ss.; Agamêmnon, 335, 1.124, 1.369; Buleu, 435;
  Catebates, 1.370; Cerdilas, 1.092; Cineteu, 400; Comiro, 459; Crago,
  542; Disco, 400, Drímnio, 536; Erecteu, 158, 431; Etíope, 537; Fíxio,
  288; Girápsio, 537, Gongílates, 435; Lapérsio, 1.369; Laríntio,
  1.092; Mileu, 435; Ômbrio, 160; Palestes, 41; Promanteu, 537; Sóter,
  512; Termieu, 706.
Zosterio: cf. Apolo.

Excertos da crítica

"Lícofron conduz o leitor, assim, às profundezas do mistério poético-profético. Uma vez lançada a profecia, ela não pode mais ser interrompida: o leitor deve segui-la, ainda que se perca. Não por acaso, um poeta anônimo da *Anthologie* [*Anthologie grecque*, IX, 191, 1-2, org. Pierre Waltz, trad. Guy Soury, Paris, Les Belles Lettres, 1957], multiplicando as vozes narrativas e fazendo falar o próprio poema, diz:

> 'Se tombasses em nosso labirinto de mil transvios,
> Não voltarias facilmente à luz.'

Este elogio da obscuridade do texto, que impede que se volte facilmente à luz, expressa bem o estilo de Lícofron. O poeta alexandrino não busca produzir um texto ilegível ou incompreensível, longe disso. Ele quer simplesmente fazer aflorar no leitor o sentimento do poético ao desviá-lo da racionalidade de um discurso límpido. Ao ler *Alexandra*, o leitor permanece sempre numa posição instável para a compreensão: ele não deixa de hesitar e não consegue cessar seu julgamento. Ele oscila entre a sombra do mistério ulterior e a luz do fato consumado, entre o conhecimento obscuro e verdadeiro da profecia e a significação clara, e no entanto múltipla, da poesia. Ele é como o viajante que, ao cair da noite, não consegue distinguir entre cão e lobo."

Christophe Cusset ("Le bestiaire de Lycophron: entre chien et loup", *Anthropozoologica*, 2001, n° 33-34, pp. 61-72)

"*Alexandra* é um texto importante na história da consciência poética no que diz respeito às transformações e à natureza da poesia. Por um lado, a obra dramatiza a consciência de que, enquanto na época clássica os vários ciclos da história eram considerados apanágio (ou recebiam a atenção) de cidades-Estado específicas, as novas cidades da época helenística, ao contrário, haviam se apoderado de uma ampla tapeçaria de mitos, em larga medida indiferenciados, que partia do passado mais longínquo para chegar ao presente e que conectava (ou pelo menos se desejava que conectasse) o presente ao passado. Por outro lado, *Alexandra* demonstra não apenas como a natureza da poesia havia mudado, mas também o que acontecera com o ofício do poeta: tal como Cassandra, também o poeta fora afastado do centro do Estado, e ainda que suas palavras fossem "verdadeiras", ele está destinado a não ser ouvido — toda Cassandra deve sempre, por fatalidade, permanecer marginal. Para sobreviver, a poesia necessita então obter para si um espaço exclusivo, distante da língua e da dimensão do cotidiano, porque esse 'cotidiano' tinha virado as costas à poesia. É nessa perspectiva que se move a estratégia linguística de *Alexandra*."

Marco Fantuzzi e Richard Hunter (*Muse e modelli: la poesia ellenistica da Alessandro ad Augusto*, Bari, Laterza, 2002, p. 524)

"A escolha do mito troiano descortina para Lícofron um campo de experimentação filológica bastante amplo. Ele coleta sua matéria de numerosos poetas e gêneros literários; ele entrecruza versões paralelas presentes na tradição filológica; traz episódios de Homero e da tragédia para a atmosfera da poesia alexandrina; faz uma leitura do *mythos* homérico sob uma perspectiva troiana, trazendo para o primeiro plano um raro material de origem acadêmica; ele refrata o mito troiano pan-helênico através do prisma da história local, com extensões etiológicas ou geográficas; submete outros ciclos mitológicos — que tratam de Héracles, dos Argonautas e de Perseu — ao troiano; ele substitui a matéria épica *par excellence* — a guerra e o *nostoi* — pelas obsessões do helenismo tardio, o erotismo e a morte brutal. Finalmente, em *Alexandra* Lícofron consegue entrelaçar uma *narrativa épica* excepcional (tanto do ponto de vista do material quanto das técnicas narrativas) com o *discurso dramático* (estabelecido sobretudo no sofrimento trágico de Cassandra e em sua perspectiva declaradamente troiana). *Alexandra* é, de fato, uma experimentação sobre a ideia de *ciclo*, que é a possibilidade de incluir a integridade do mito troiano na estrutura de uma tragédia moderna, ou antes de uma *prolepsis* em larga escala."

> Evina Sistakou (*Reconstructing the Epic: Cross-Readings of the Trojan Myth in Hellenistic Poetry*, Leuven, Peeters, 2008, p. 120)

"O que se pode dizer, o que aparece sob tal perspectiva, é que Lícofron, sem buscar uma 'magia evocatória' qualquer, sem tentar uma impossível 'alquimia do verbo' para assinalar o inexprimível, estabilizar as vertigens, restituiu às palavras a força do mistério. Aos outros poetas importava antes o significado, o *além das palavras* — para Homero, para Píndaro, a poesia é exatamente aquilo que dá aos heróis de um passado mítico, aos homens privilegiados pela fortuna ou pela vitória, uma aparência de imortalidade —; ele buscava no significante um *do lado de cá do sentido*, no qual a frase não se reduziria à soma dos significados de vocábulos mais importantes apenas que as 'palavras da tribo' de que fala Mallarmé."

> Gérard Lambin (*L'Alexandra de Lycophron*, Rennes, Presses Universitaires de Rennes, 2010, pp. 218-9)

"Relegado por séculos ao papel de poeta obscuro, Lícofron reserva aos leitores a surpresa de uma arte capaz de produzir efeitos de desconcertante beleza. Poeta controlado e meticuloso segundo as normas do mais rebuscado alexandrinismo, direciona o seu talento para o fim primordial de surpreender, mas enquanto leva a originalidade poética a um ponto extremo no plano terminológico, no plano estilístico afasta-se decididamente do límpido e essencial verso calimaico. A ênfase, sinal de arroubo passional mais que de excesso retórico, é a seiva que anima o mito, fábula horrenda privada de valor exemplar; a novidade linguística, fruto de uma erudição acuradíssima, reserva-se a tarefa de orientar a representação para vertentes não experimentadas, descobrindo no contexto trágico os traços do grotesco e até mesmo do cômico. Tão distante da fria sobriedade calimaica quanto da graça de Teócrito e da potência fabulatória de Apolônio, Lícofron exibe uma técnica na qual o exagero é, talvez, sinal de uma crise dos tempos. Cioso em recolher, ao lado da experiência do sofrimento humano, coração da tragédia antiga, o sentido concreto da história encerrado no folclore, manifesta uma liberdade completa na escolha e interpretação do mito, não dissociada de uma visão preponderantemente pessimista da humanidade. O homem que emerge de *Alexandra*, protótipo do anti-herói, briguento, teimoso e traiçoeiro, perdeu, junto com o reluzente verniz do herói épico, a profundidade interior do herói trágico."

Valeria Gigante Lanzara (Licofrone, *Alessandra*, a cura di Valeria Gigante Lanzara, Milão, BUR Rizzoli, 2014, pp. 21-2)

Sobre o autor

Pouquíssimo se sabe sobre a identidade de Lícofron. Ele teria nascido em Cálcis, na Eubeia, por volta de 330 a.c. O sentido de seu nome, "mente lupina", antes parece ironizar com os especialistas que viriam a se debruçar sobre sua biografia. Nesse sentido, ou talvez fosse mais pertinente dizer, nessa ausência de sentido, o adjetivo com que a enciclopédia bizantina *Suda* caracteriza *Alexandra*, σκοτεινόν, cabe perfeitamente a seu autor: "obscuro". Nas poucas linhas que esse léxico monumental dedica a Lícofron, lemos que foi filho de Socles e filho adotivo de Licos, de Régio. Autor trágico, teria integrado a famosa plêiade dos Sete. Outro escritor do período bizantino, Tzetzes, registra o número de tragédias escritas por Lícofron de maneira ambiguamente categórica: "Pois afirmo que ele compôs 64 ou 46 peças, referentes ao gênero trágico". Teria sido admirado também como exímio autor de anagramas. Tzetzes acrescenta que Lícofron viveu em Alexandria, onde ocupou função relevante na lendária biblioteca, na época de Ptolomeu II Filadelfo (285-246 a.C.), responsável pela catalogação dos poetas cômicos. Teria sido colega, portanto, de Calímaco. Diógenes Laércio (II, 132) conta que o filósofo Menedemo de Erétria costumava recebê-lo em casa e que, a esse pensador, o enigmático poeta teria consagrado um drama satírico.

Entre as hipóteses que proliferam atualmente sobre a identidade do poeta, sem base documental, é importante que se diga, cito apenas duas, para concluir, que nos dão ideia clara de seu caráter enigmático: a) Lícofron não teria, de fato, existido; b) *Alexandra* teria sido escrito por uma mulher.

Sobre o tradutor

Trajano Vieira é doutor em Literatura Grega pela Universidade de São Paulo (1993), bolsista da Fundação Guggenheim (2001), com estágio pós-doutoral na Universidade de Chicago (2006) e na École des Hautes Études en Sciences Sociales de Paris (2009-2010), e desde 1989 professor de Língua e Literatura Grega no Instituto de Estudos da Linguagem da Universidade Estadual de Campinas (IEL/Unicamp), onde obteve o título de livre-docente em 2008. Tem orientado trabalhos em diversas áreas dos estudos clássicos, voltados sobretudo para a tradução de textos fundamentais da cultura helênica.

Além de ter colaborado, como organizador, na tradução realizada por Haroldo de Campos da *Ilíada* de Homero (2002), tem se dedicado a verter poeticamente tragédias do repertório grego, como *Prometeu prisioneiro* de Ésquilo e *Ájax* de Sófocles (reunidas, com a *Antígone* de Sófocles traduzida por Guilherme de Almeida, no volume *Três tragédias gregas*, 1997); *As Bacantes* (2003), *Medeia* (2010), *Héracles* (2014), *Hipólito* (2015) e *Helena* (2019), de Eurípides; *Édipo Rei* (2001), *Édipo em Colono* (2005), *Filoctetes* (2009), *Antígone* (2009) e *As Traquínias* (2014), de Sófocles; *Agamêmnon* (2007), *Os Persas* (2013) e *Sete contra Tebas* (2018), de Ésquilo, além da *Electra* de Sófocles e a de Eurípides reunidas em um único volume (2009). É também o tradutor de *Xenofanias: releitura de Xenófanes* (2006), *Konstantinos Kaváfis: 60 poemas* (2007), das comédias *Lisístrata*, *Tesmoforiantes* (2011) e *As Rãs* (2014) de Aristófanes, da *Ilíada* (2020) e *Odisseia* (2011) de Homero, da coletânea *Lírica grega, hoje* (2017) e do poema *Alexandra*, de Lícofron (2017). Suas versões do *Agamêmnon* e da *Odisseia* receberam o Prêmio Jabuti de Tradução.

ESTE LIVRO FOI COMPOSTO EM SABON E
CARDO PELA BRACHER & MALTA COM CTP
DA NEW PRINT E IMPRESSÃO DA GRA-
PHIUM EM PAPEL PÓLEN SOFT 80 G/M² DA
CIA. SUZANO DE PAPEL E CELULOSE PARA
A EDITORA 34, EM NOVEMBRO DE 2020.